新拉丁美洲文学丛书

Los Amores Equivocados

Cristina Peri Rossi

错爱

[乌拉圭]克里斯蒂娜·佩里·罗西丨著

陈方骐丨译

作家出版社

（京权）图字：01-2024-3433

图书在版编目（CIP）数据

错爱／（乌拉圭）克里斯蒂娜·佩里·罗西著；陈方骐译.
-- 北京：作家出版社，2024.11. -- ISBN 978-7-5212-2989-9

Ⅰ. I551.45

中国国家版本馆 CIP 数据核字第 2024WQ6278 号

中国外国文学学会
西班牙葡萄牙语
文学研究分会
HISPANIC & PORTUGUESE
LITERARY STUDIES ASSOCIATION

新拉丁美洲文学丛书
错爱

作　　者：（乌拉圭）克里斯蒂娜·佩里·罗西
译　　者：陈方骐
责任编辑：赵　超
封面设计：吴元瑛
出版发行：作家出版社有限公司
社　　址：北京农展馆南里 10 号　　　邮　　编：100125
电话传真：86-10-65067186（发行中心）
　　　　　86-10-65004079（总编室）
E-mail: zuojia@zuojia.net.cn
http: // www.zuojiachubanshe.com
印　　刷：河北京平诚乾印刷有限公司
成品尺寸：130×185
字　　数：92 千
印　　张：5.75
版　　次：2024 年 11 月第 1 版
印　　次：2024 年 11 月第 1 次印刷
ISBN　978-7-5212-2989-9
定　　价：58.00 元

新拉丁美洲文学丛书

编委会名单

（按姓氏笔画为序）

新拉丁美洲文学丛书
出版说明

　　20世纪80年代末，云南人民出版社与中国西班牙葡萄牙拉丁美洲文学研究会合作翻译出版"拉丁美洲文学丛书"（简称"丛书"），十几年间出版50余种，为拉美文学在华传播做出了不可磨灭的贡献。数十年过去，时移世易，但当年丛书出版说明的开篇句"拉丁美洲是一个举世公认的充满创造活力的大陆"，并未过时，反而不断被印证。博尔赫斯、加西亚·马尔克斯和其他"文学爆炸"代表作家的作品陆续被译为中文，"魔幻现实主义"对寻根文学及先锋小说的影响仍是相关研究者所乐道的话题。拉美文学的译介和接受不仅成为新时期中国文学研究中不可忽视的部分，时至今日仍为新一代的中国读者提供"去西方中心"的文学视野与镜鉴。

　　作家出版社与中国外国文学学会西班牙葡萄牙语文学研究分会合作，决定从2024年起翻译出版"新拉丁美洲文学丛书"（简称"新丛书"），感念前贤筚路蓝缕之功，继续秉持"全部从西班牙及葡萄牙文原文译出"的原则，以促进世界文化交流、繁荣中国文学建设为指归。新丛书旨在：（一）让当年丛书中多年未再版而确有再版价值的书目重现坊间；（二）译介丛书中已收录的作家成名作之外的其他代表性作品，展现经典作家更整全的面貌；（三）译介拉丁美洲西葡语文学在中文世界的遗珠之作。新丛书主要收录经典作家作品，此外另设子系列"新拉丁美洲文学丛书·当代"，顾名思义，收录具代表性、富影响力的当代拉美作家作品。

致中国读者

"故事"（cuento）这个词源自拉丁语的"contar"，意即讲述。讲述是左脑——掌管语言的半边大脑——最古老的能力之一。我们可以想象，自从男人和女人使用发声的语言，他们就开始讲述。他们讲述野牛行经隧道，讲述季节的更替、昼夜的流逝、英雄的壮举、部落与家庭的历史，讲述过去与未来、可食用的和有毒的植物，讲述他们的旅行与爱情、梦想与恐惧。一切皆可讲述，文学中最精妙最睿智的讲述者之一契诃夫大师曾经说过，他每天都能随便挑一件东西写出一个不同的故事。

一切都能够讲述，只要我们找到讲述它的方式。和动物不同，很早以前，我们人类就学会了讲述。因此有了那句俗语"为了讲述它而活下去"（Vivir para contarlo），加夫列尔·加西亚·马尔克斯在回忆录里用了它的另一个版本：《活着为了讲述》（*Vivir para contarla*）[1]。

正如电视和互联网（它们也以自己的方式讲述）出现之前的每个小女孩一样，我热爱故事，对某些角色——特别是动物——感同身受，我一边听故事、读故事，一边伤心、哭泣、学会生活。儿童故事一点也不纯真。它们和我们这些成年人写的故事一样残忍可怖：里面有嫉妒、孤独、痛苦、欲望、渴求，虽然，和生活不同的是，儿童故事总是圆满收场，因为邪恶会被战胜。

我们可以说，一开始——如果有一个开始的话——存在的是故事。所有的宗教，所有的天体演化学都始于一个神话故事，它奠定传统、过去、世代、性别关系与文化。

我是个早熟的作家。我梦想成为一名全能作家，遍历所有的体裁。1963 年，我在蒙得维的亚的阿尔法（Alfa）出版社出版了一本故事集《活着》（*Viviendo*），就此起步。直至今日，这件事在我看来仍很神秘，仿佛命运结出的果实：一个不到二十岁，叛逆、越界、浪漫而又贫穷的

---

1. 此处和上文的"Vivir para contarlo"是同一个俗语的两种写法，表达相同的意思，只存在末尾"lo"和"la"词性的细微差别。中文为了保留差异感，采取两种译法。——译注

小姑娘，是怎么年纪轻轻就在乌拉圭首都最重要的出版社成功出版一本故事集的？

此后，我一生都在创作故事。我出版了十六部作品，都让我非常满意。作为读者和作家，我热爱故事这个体裁，我总是会回到它这里来，一生都会忠于它。我喜欢短篇故事的语法、结构和简短（我也写过一些长篇故事），喜欢必须舍弃次要的、无足轻重的部分。我笔下的大部分角色，像卡夫卡的角色一样，都没有名字，因为他们不需要有名字：故事必须绝对精练，一如诗歌。

讲述是为了些什么。一个好的口头叙述者（我的话很多，这点广为人知：有时候，我在聚会里讲了又没写的故事会回到我这里来，变成别人的轶事）会无意中践行伟大的故事革新者埃德加·爱伦·坡的建议：一个好的故事要实现效果的统一，达到严格的精练。与诗歌一样，现代故事不接受离题，它是一种钟表装置，其中每个词语都不可或缺。不能少，也不能多。

有时我会突然意识到，我把我的噩梦变成了故事。这是最复杂、最艰难，却也最让人满足的文学体验之一。它是一种驱魔的形式：噩梦中有一系列的象征，还有一种伦理，要做的就是揭示它们。德国浪漫派作家已经发现，梦是一种写作，是无意识的写作。有时候，一个故事追在我身后，但我不会动笔去写它，直到我想出第一句话。我并不熟悉许多男女作家谈论的那种纸张空白的烦恼。我坐下写作的时候，已经知道第一句话要写什么，如果不知道，我就去做别的事情。因为故事的第一句话决定了一切：如果它能引诱读者，如果它能抓住读者，将他完完全全地放进虚构的时间与空间（即便是没有时间的时间、没有名字的空间），读者就会继续阅读。否则，读者就会撇下故事。

要实现埃德加·爱伦·坡所说的效果统一，最后一句话和第一句话同样重要。有时候，它是决定性的一击，完美的 KO[1]。不过，还有的时候，由于情感使然，会更想创造一个模糊的、开放的、充满不确定的结尾。

感谢作家出版社让我有机会在中文世界出版我的三本故事集：1976 年巴塞罗那行星出版社出版的《恐龙的下午》，还有更新近的两本——西班牙帕伦西亚四十五分出版社 2012 年出版的《私人房间》和 2015 年出版的《错爱》。也感谢译者黄韵颐、余晓慧、陈方骐的出色工作。

豪尔赫·路易斯·博尔赫斯曾说过，一切偶然的邂逅都是预先的约定。表面上，我是在生活、观察、梦想和聆

---

1. 拳击术语，"击倒"（knock out）的缩写。——译注

听中找到了那些故事，但像博尔赫斯一样，我相信，在写下它们的时候，我是履行了一个预先的约定。像博尔赫斯一样，我想，它们已在某处被写好了，我的任务只是解读它们，为它们掸去灰尘与杂草，让它的教训浮现，如一则寓言。写作总是为了些什么。福音书中，耶稣说过的最美也最可怕的话之一，是："我说话，是为了叫那些愿意明白的人明白。"我赞同这句话。我写作，是为了叫那些愿意明白的人明白。

先感受，再懂得。这就是我写故事的原则，为了让读者在镜廊中享受、痛苦、微笑、认出自己、学会理解不同。

一篇故事就是时间中一道小小的切口，可以借由它深入一种感觉、一个想法、一场梦。它舍弃旁枝末节，解剖刀般刺入情绪与感觉深处。

我唯一遗憾的是无法再次书写这些故事，因为我已写下了它们。

但我能肯定，我会继续写故事，因为我对生活着迷，而生活在故事中震颤。

克里斯蒂娜·佩里·罗西

巴塞罗那，2024 年 6 月 19 日

（黄韵颐 译）

目
录

勇者

Ironside

路是条土路，热气蒸腾，男人驾驶的那辆满载液化气罐的卡车扬起阵阵尘雾，让他几乎视线受阻。尽管如此，在这不合时宜的三点钟——说是早上太晚，说是下午又太早——他还是在路边瞥见了一个瘦骨嶙峋的女人，一个立在飞扬的尘土中的灰色身影，个子很矮，身体也没有任何曲线。

他知道，要进城的话，这条路绕了远，但这样可以省下过路费。他老婆总说："省的都花在油钱上了。"但他相当固执，有着自己的经济观，而且和世界上的大多数司机一样厌恶付过路费。此前他从未在这条路边看到过任何人，至少从未见过这么瘦小的。附近没有村子，没有加油站，也没有汽车旅馆，只有漫天尘土和荒地上仰面朝天、被烈日灼伤的几朵向日葵。他想起了双胞胎姑娘们——他的两个女儿——随后停下了车。

"上车吧。"他对着等在路边的陌生女人说道。卡车有两圈并排轮胎，想要一下跳上来还得费一番功夫。

他没熄火，所以很顺畅地让卡车重新起步。他可没有时间可以浪费。

女人说："谢谢。"

他听出了声音中的稚气，她应该还是个孩子。他的两个小姑娘十一岁了，最近几个月个头蹿得特别快，他老婆说，女儿们长大了，已经来了例假，能怀小孩了。老婆的话让他一头雾水，能不能怀小孩对于两个十一岁的小女孩来说有什么重要的？

"你别像对小姑娘一样对她俩了，"他老婆告诫他，"她们开始梳妆打扮了，每天上网聊天，估计很快就会想去迪厅了。"

"迪厅，想都别想。"他高声道。他很清楚迪厅里的那一套把戏。他毕竟是个男人，毕竟也会偶尔在拉完活的时候把车停在某间路边小酒馆前，享受某个陪酒女郎的服务。

"你在这路边待着干什么？"卡车司机问。现在他可以确认她不过是一个小女孩了，她不那么惹人注意，甚至有几分像个男孩，而且很不爱说话。每次他行方便给路人，让他们搭便车时，都会遇见这样沉默寡言的怪人。

"搭车。"女孩回答说。（她的胸部微微隆起，可以分

　　　　　　　　　　　　　　　　　错　爱

辨出确实是个女孩。她穿着褪色的牛仔裤、玫红色长衬衫和一双很破旧的运动鞋。）

"这我倒是知道，"他说，随后又问，"你没钱坐公交、坐火车吗？"

"没有。"她答。

这就是经济危机。狗娘养的经济危机让所有人都失业了，无数家庭流离失所，失去工作的男人和女人只能靠社会保障机构的接济度日。至少这些机构还是在运作的，不过他们的工资也至少减了一半。但富人们还是那么富，甚至比之前更富了。

"你要去哪里？"男人问。他不想给自己惹麻烦，但也不想把这个比自己的女儿大不了多少的女孩撇在路边不管。

"去'勇者'。"女孩冷漠地回答，没有抬眼看他。

"勇者"？他想。真是怪事。这小姑娘去那种地方干什么？"勇者"是一个路边酒吧的名字，店面很大，装有彩色灯球、两张台球桌和一个长吧台，售卖啤酒、廉价朗姆酒、袋装薯条，那儿也有一些陪酒女提供性服务。那些女人都不值一提，有罗马尼亚人、尼日利亚人和乌克兰人，连卡斯蒂利亚语都说不利索——干这一行倒也不要求语言水平——在一支舞和一些简单的交际后，她们就把客人带到酒吧后面，那里有一排阴暗的破房子，几个洗脸盆，还挂着一盏脏兮兮的红灯。服务就在那里提供，用最低的价钱就可以来一次"吹箫"，或打上一炮，几分钟就完事。客人们也不会有更高的要求了。某一次跑完长途，他寂寞难耐，也享受过一次这项服务，随后头也不回地离开了。酒吧里的客人换了一拨又一拨，但始终不超过六七个人。人们总在黄昏时来到"勇者"，那时灯已经点上了，还会摆出红绿花环和一棵用棕色蜡烛装饰好的小树。不过可以想见的是，除了那些陪酒女之外，"勇者"里应该也有一些女孩来帮工，打扫卫生、端送啤酒、搬运东西。或许这个女孩就是帮工之一。他随即想起了他的女儿。十一岁，太年轻了，谈不上怀孕之类的事。他不允许她们单独出门，必须由他或他老婆领着。他们是一对好父母，对孩子上心负责，不过他还是无法理解，为什么两个女儿明明还那么小，却被他老婆说已经"长大了"。他希望她们能学点本领，以后当医生、律师什么的。为了她们，他总走这条最远的路——不用付过路费。

"你去'勇者'干什么？"男人问。

女孩自上车以来第一次看了看他，但那眼神可没法让他感到愉悦。他不想惹麻烦。难道这个女孩子没有家吗？

"我想去打工。"女孩说。

他在座位上浑身一颤。她清楚她在说些什么吗？

　　　　　　　　　　　　　　　　错 爱

眼前是一个弯，车要转向了，他尽可能转了个最大的角度，小心地避开道路右侧的障碍物。

他不喜欢在转弯的时候说话，也不会在开车时犯困。不过还是问点其他事好，他想。

"你爸爸妈妈呢？"他问。

女孩没有回答，而是打开了什么东西。男人的注意力集中在路况上，只是略微瞥见了那东西。一个皱巴巴的小手包。她取出一支烟准备点燃，他连忙呵斥：

"别抽烟！"他命令道，"你想让我被罚款吗？还是想让我被吊销驾照？没看见我拉的是液化气罐吗？"

"对不起。"她有些筋疲力尽地说，随后把未点燃的烟直接扔出了窗外。

他们沉默了片刻。

"如果你想抽烟，我就在前面路边停下。"他说。虽然他不怎么抽烟，但一看见烟，还是被勾起了瘾。

"我无所谓。"女孩说。她的神情很难称得上友善。

"你为什么想去打工？"他问。

她仿佛思考了一会儿这个问题值不值得回答。

"我有三个弟弟，"她说，"我妈妈生病了，子宫癌。"

他的大脑缓慢地接收着这些词语。长时间的沉默后，他问：

"你爸爸呢？"

"我不知道。"她说。

"他不在家吗？"他继续问。

"不在。"她说。这样也好，如果答案是他在家，或许更麻烦。情况很清楚了，父亲抛弃了家庭，母亲得了癌症，家里四张嘴等着吃饭。经济危机。他们一家肯定没有社会保障，可能机构只会给他们提供一些食物，每周一次。

"你上过学吗？"他又问。

她点点头，做出肯定的答复。

前面又是一道弯，他把车速降了一挡。他觉得眼下不给自己惹麻烦的最佳方式就是把女孩扔在路边，甚至可以打电话报警，让警察来照料她。他又想起了女儿，他还没给她们买手机，手头还没那么宽裕，但当他停下车来吃口饭的时候，总会给家里打个电话。运气好的话，能和她们说上话。

"是的，"她答，"我的几个弟弟也都在上学。你明白吗，我真的需要去打工。我妈妈又不能工作，我是家里最大的了。"

"那你想去'勇者'做什么工作？"他问，仍抱有一丝希望。或许他们给她提供了一个酒吧清洁工的职位，或者去装卸啤酒，或者哪怕是打扫厕所也行。

"去当妓女。"女孩坚定地回答。

前方出现了一块该死的路牌，提示最高限速降为八十千米每小时。

他看向她。她真的清楚她在说什么吗？

"他们肯定会留下我的，"她说，"我知道，有很多客人就喜欢年轻女孩。"

他想起了自己遇见过并拒绝过的两三个年轻妓女。每当遇见一个年轻的，他都会想到自己的女儿，随后便无法再继续。

"你觉得我会把你带去'勇者'，让你当婊子吗？"他有些讶异地问。她在利用他。他觉得女孩在利用他。

"为什么不呢？"她说，"难道你从没去过那儿吗？难道你现在要告诉我，你从没在'勇者'里钓过女孩吗？"她极富进攻性地抛出问题。

"我从没有钓过女孩，不管是在'勇者'还是在别的任何地方。"他宣称。

"真会撒谎。"她说。

这倒真不是谎话。他出于善心帮助了女孩，让她搭车，但现在她却不相信他。

"我不会在'勇者'门口停车的，"他说，"已经晚了，我拉你耽搁了时间，交货已经迟了，会被罚款的。"他试图解释。

女孩打开陈旧的粉色手包，这次拿出来一支口红和一面小镜子。她开始化妆。

"你疯了。我要在路上最近的警察局停车，把你交给警察。我不想惹麻烦。"他说。

女孩停下手里的动作，望向他。他从未见过如此悲伤而深邃的目光。

"我跟你说过了，我有三个弟弟，妈妈得了癌症。你觉得我是瞎编的吗？"

"我觉得你还不到干这个的年龄。"他答。

"我的年龄比看起来要更大。"她坚称。

"把你爸爸的手机号告诉我，"他命令道，"我来给他打电话。我跟他说几句男人和男人之间的话……"

"我觉得你真的是什么都不懂……"她说。现在怎么办？她解开了腰间的安全带，看起来她正准备脱下穿在运动鞋里的白色袜子，换上带花边的黑色长筒袜。

"别动！"他大喊一声，"这条路全是弯，你小心害我翻车！快给我系上该死的安全带……"

她显然觉得这毫无必要，做出一个不满的手势，但还是不情愿地照做了。

"我问你，你爸爸的电话号码是多少。"他再次发问，

　　　　　　　　　　　　　　错　爱

这次稍稍冷静了一些。

她再次望向他，觉得他仿佛是一个有听力障碍的人。

"我爸爸很久之前就离开家了，"她说，"我不知道关于他的任何事。我没有他的电话，我也不觉得给他打电话有什么用。他从来没给过我们钱。我妈妈生病了，我必须要照顾弟弟，你明白吗？我必须给他们赚吃的，照顾他们，还得照顾妈妈。她得了癌症，她要死了，没办法支撑这个家了。她还缺药，药太贵了。"

前方道路的限速重新提高到了一百千米每小时。

他几乎不带希望地问：

"没有其他亲戚了吗？"

"没有了，"她说，"我不认识任何亲戚。"

卡车在长时间的沉默中前行。她的长筒袜还拿在手上。他决定，一看到路边哪里可以打电话，就去打给警察或社会福利机构什么的。女孩绝不超过十五岁。他们会拿她怎么办？肯定只能送她回家。

女孩仿佛读出了他的心思，斩钉截铁地说：

"即便你不带我去'勇者'，别人也会带我去的。"

"那至少不是我带去的，"他答，"是别人。"

"我不是要给你添麻烦。"女孩辩白道。

"那你就不该上车。"他说。

他开始觉得饿了。他老婆总会给他准备一份面包夹火腿和一小块土豆饼，省得在路边酒吧花钱。

"如果我不带你去，你从这里要怎么去？"

说完他思考了一下。他不想让事情变得更棘手。距离"勇者"还很远，而且他饿了。

"你瞧，"他对她说，"我不想负上什么责任，你明白吗？我有老婆孩子，两个女儿，差不多和你一样大，"又想了想，"但我和你爸爸不一样，我赚钱养家，我老婆照顾孩子，我照顾我自己。我家里挺好的。我就把你放在路边了，不会带你去'勇者'的，但我们可以先找个地方停车吃点东西。你吃过饭了吗？"

"没有。"她说。

"哦，我老婆总给我准备面包。我们分着吃吧，我还有一个保温壶装着咖啡。我把车停在休息区……"

"我可以在那儿换袜子吗？"她问。他第一次觉得女孩看起来温顺、听话、驯服。这样的态度转变让他满意。当一个女人不再处处跟他对着干的时候，他会变得更慷慨、更和善。

"当然了，"他答应道，"然后，我就先走一步。"

路牌显示休息区就在不远处了。外面依然很热，但他们幸运地找到了一片树荫和几条水泥长凳，正好可以坐下歇息进食。她决定在那儿脱掉穿脏了的旧袜子，换上黑色长筒袜。

他们走下车。没有一丝风。女孩的皮肤苍白，他想。他的两个双胞胎姑娘倒是像他：皮肤都是古铜色。这么白的孩子，要是在太阳地里吃东西，大概要中暑了。

他们在几棵树下寻找荫庇。他觉得那是杨树。几条长凳完完全全由水泥浇筑，甚至还有一张水泥桌子。

休息了一会儿，他们开始吃饭。他喜欢安安静静地进食，安安静静地消化。

面包卷在发亮的铝箔纸里，土豆饼也是。

"你会做饭吗？"男人问她。

"当然会，"她回答，"你觉得每天都是谁给我弟弟和妈妈做饭？她身上疼，疼得什么也干不了。"

他不愿意在吃饭的时候谈论悲伤的事。在家里跟老婆和双胞胎姑娘一起吃饭的时候，他也不喜欢看电视新闻。

面包很大，火腿的油脂都流到了外面。

他给了她一整个，要是不够吃，还有土豆饼。他还打开了一罐啤酒。

"酒只有一罐了，"他抱歉地说，"一人喝一半吧。"

她点点头。

他们都倍感饥饿，无声地吃着。她大口咬着食物，他也不例外。东西很好吃，补充了能量，也让人心情更好了。

他觉得，吃饭时有她做伴比一个人吃要好很多，虽然她不怎么言语。

"你喜欢上学吗？"他问她。

她做了一个模棱两可的手势。

"我不知道。学写字还挺好玩的，"她说，"我可能会喜欢做个记者。你呢？你上过学吗？"

他笑了。

"没有，"他说，"我一直游手好闲，直到有了老婆孩子。人年轻的时候总这样，"他几乎变得坦诚起来，"但当孩子出生的时候啊……她们真漂亮啊，你懂吗？我一下就感觉自己充满责任感。现在我觉得自己有理由不去喝酒了，我要努力工作，不去享乐，赚钱买房子……我很喜欢我的女儿，我爱她们。我无法接受任何坏事发生在她们身上……"他的脸上掠过一丝阴翳，"我们把土豆饼也分掉吧？"

她点头同意。

他注意到自己说的是"我们"。都是寂寞害的。一个开卡车的液化气罐运输工心里那狗娘养的寂寞。

"我需要打工，为了我几个弟弟，"她又坚持了一次，"求求你，体谅体谅我吧。如果你不带我去那儿，会有别

错 爱

人带我去的……到头来都一样，甚至更糟。"她补充道。

"不可能，"他说，"吃完东西，我就开车走，你待在这儿，你想怎么办都行，但这就不归我管了。"

土豆饼很美味。他老婆做菜有一手。

"我做的土豆饼也不错，"女孩说，"我还得洗衣服，给我妈妈打吗啡……换床单也得我来，还要辅导弟弟写作业……"

真倒霉，他想。她是个倒霉的姑娘。生活就是这样：人一生下来，就有好运气或坏运气伴随；一生下来，就决定了是贫是富。投胎时是走了运还是倒了霉所决定的不同人生，靠后天已经很难改变了。

"就这样吧，"她吃完了东西，最后说，"不用带我去了。就把我留在这儿吧。"

他顿感轻松。他可以抛下她，上车出发了，路过"勇者"的时候，他看都不会看一眼，就像那酒吧从来不在那里一样。他会开到目的地，收取货款，随后在随便什么地方凑合一夜，到第二天再起个大早踏上回程。他很想见到两个女儿。

他点了点头。

"你可以把我留在这儿，但在你走之前，"女孩又说，"你得帮我一个忙。"

勇者   015

他答应了。这看起来是一笔不坏的交易：帮她一个忙，就可以自此摆脱她。或许她只是想借个火，或者是讨五欧元，或者是要一瓶啤酒。

他递给她一支烟。没有必要非得等到她自己开口。他们默默抽起烟来。

"这儿真热啊。"男人说。

"是吃了饭的缘故。"她答。

"面包夹火腿很好吃！"他又说，"我会告诉我老婆说我让你搭了车，还和你分享了食物，虽然她不知道'勇者'是个什么地方。我女儿们也不知道。她们从来没听说过'勇者'。"他的语气中带着骄傲。

"学校里说不定会有人告诉她们。"她颇有些怀疑地指出。

他皱起眉头。

"不会有任何人说这些的。我亲自教育我的女儿，"他几乎快叫喊起来，"她们一天不能看超过一小时的电视，而且我也会管控她们能浏览的电脑页面，你懂吗？"

她思索了一会儿，用力吸着香烟。

"有一个你这样的爸爸应该不错。"她说。

她是在奉承他吗？

"唔，有时我们也会吵架。因为她们总想去跳舞什么的。"他说。

"我跳舞跳得可不赖。"她说。

他想象了一下女孩跳舞的样子，并不是很感冒。说实话，女孩既不丑也不漂亮，看起来不像男人也不像女人，一个近乎中性的人，显得模棱两可。

"这对我进'勇者'会很有用。"她又说。

又是那该死的酒吧，他想。

在杨树的阴影下待着倒挺舒服，抽着烟闲聊，让肚里的东西慢慢消化。

但太阳比往常更毒辣了。

"用手帕盖着点头吧，"他劝她，"你当心中暑。你皮肤这么白。"

她看了看自己环抱着的赤裸双臂，有些好奇。

"你觉得男人会喜欢白皮肤还是深色皮肤？"她问，依然打量着自己。

他感到一丝厌烦，换了个姿势。

"这不一定，"他答，"有的喜欢这种，有的喜欢那种。"

"你更喜欢哪种？"她不想罢休。

"别问了！"他大吼一声，随之站了起来。

他想走。他想离开这里，离开杨树的阴影、汽油的芳香味和满地的面包屑。已经有蚂蚁被引来了。

"你答应了我要帮我一个忙的，然后你再走。"女孩也叫喊起来。

没错。他是答应了。他赶时间。

"好吧，你想要什么？"他问，依然没有坐下。

她仰视着他，说：

"教我做那事。"

他吓了一跳，好像脑袋被人敲了一下似的。重重的敲击之后，女孩吐出的话语慢慢地飘进他的耳朵，冲向他的大脑，但随后又迷失在了半途中。他抬头看了看天，只要过了正午，天空都呈现出金黄色，太阳令人目眩，杨树枝繁叶茂。

"你说什么？"他机械般地询问。

"说让你教我做那事！"她大叫，却仍没有起身。

"你彻底疯了。"他说，一边用怀疑的眼光打量她。他不知道自己该如何思考。她是要留在他身边吗？她是一个图他钱的年轻婊子吗？如果是后者，他不会接受的，因为这样只会让他想起他的双胞胎姑娘。

"你答应过的！"女孩再次大喊，这次站起身来。她比他矮很多，"教完你就可以走了，会有其他人把我带到'勇者'的。"

他突然勃起了。该继续开车了。有时候他会这样。

错 爱

"别告诉我说你从没做过那事，和朋友？和学校里的小男孩？没有吗？"他嘟哝着。

"我在求你教我，"她说，这次语气谦卑了些，"你是一个男人。"

他当然是一个男人。还不止于此。下体该死的勃起让他感到厌烦了。

他看了看四周。一个人影也没有，没有汽车，没有卡车……他们可以在树后面做，或是躺在灌木丛间的草地上。

"听着，我不想惹麻烦……"他的语气也柔和了些。

"教我吧，我保证做完就自己留在这里，待在路边。"女孩说。

他的睾丸硬得发胀。该继续开车了。

女孩从粉色手包里抽出一只避孕套。

"我是有备而来的，"她说，"会很疼吗？"

他又想起了他的双胞胎姑娘。他之前总跟老婆说想要两个男孩，但随后，女儿的温柔吸引了他，征服了他。她们那么可爱，缠在他腿上，又亲亲他的额头，挠他的痒痒……

他动摇了，女孩捕捉到了他的犹豫。

"如果你不教，我也会去让别人教的。"她做出生气的样子。

"别再跟我说这些了！"他大吼。是她挑中了他，是她选择了和他在一起，他一定有什么特别之处。

"去车里！"他命令道，向她伸出手。他觉得女孩的手被汗水浸湿了。是天气太热了，又或许是紧张。

她不知道他是同意教她了，还是决定带她去"勇者"。无论如何，他握着她的手，这让她多了几分信心。无论要去哪儿，他都握住了她的手。

上车后，他让她整个躺在座椅上。他是要教她。他回应了她的请求。随后，他就会把她抛在路边。她也同意这么做。没有人能责怪他什么，是她自己这样要求的。

女孩躺倒在椅子上，并立刻掀起了裙子。

"慢一点，"他说，"要慢慢来。"

这不是一个命令，而是一次教学、一场训练。

他依然勃起着，觉得身上流过一股热浪，又流过一股自信之浪。他是前辈，是老师，是训导者。他理应小心翼翼地来。希望到他女儿们迎来这一天的时候……他把这个念头抛到一旁。他的女儿们永远不会做爱。真的永远不会吗？如果她们做了，那他必须亲自保证，她们是和某个温柔的、有教养的、了解其中门道的人一起做的。

"交给我吧。"他喃喃道，慢慢掀起女孩的裙子，仿佛她的每一寸皮肤都是一片新大陆、一次重大发现。

　　　　　　　　　　　　　　　　错　爱

她半是淡漠半是好奇地观察他的举动，觉得好像在做一台手术。他好像一个医生，正探测着她母亲患癌的腹部。

裙子提到腰间，他摸向了女孩的内裤。这个小姑娘怎么知道男人更喜欢黑色内裤？好吧，或许是看色情电影学到的。如今的男孩女孩都是这样接受性教育的，只有他的双胞胎姑娘除外。她们甚至根本不知道世上有色情电影这种东西。又或许她们也知道？

他用一个充满爱意、柔情和困惑的动作温柔地褪去她的内裤。他此前从未这样做过，哪怕是跟自己老婆也没有。和大多数男人一样，他只想着自己，想着赶快完事。但这一次，即便下体已经肿胀了许久，他依然忍耐着。

"我不想伤害你。"他低声说。

她一言不发，只是饶有兴致地看着他，像在盯着黑板上课，盯着方程式，盯着氨基酸链。

"我需要说点什么吗？"她问。

"你别说话，"他答，"如果我没让你说话，你就别说话。"

他脱下她的内裤，扔得远远的。她的阴毛很黑，但仔细修剪过。

"谁干的？"他警惕起来，问女孩。

"我自己刮的，"她大叫，"男的不都喜欢这样吗？"

"不是所有男人都喜欢！"他也大喊。

他就恰巧不喜欢修剪过的。这会让他想到天使的肖像，或者更糟，让他想到双胞胎姑娘幼年时的裸体。

"好吧，"她无奈地说，"现如今没办法了。但我向你保证，下次我不会刮它了。"

她说"下次"是什么意思？

"听着，"他猛地抬起身，说，"没有什么下次，听懂了吗？"

"不是说跟你还有下次，"她解释道，"是下次跟随便什么人。"

当然是这样。现在他可以继续了。

他继续带着柔情与她做爱，小心翼翼地取走了她的童贞，像对待一个学习艰深功课的小姑娘一样对待她。他对结果很满意。他抽身离开车座，向窗外长呼一口气。

"结束了吗？"她问，一边用手抹掉两腿间一道细细的血流。

他从欢愉的迷醉中清醒过来，严肃地看着她。

"你还想怎么样？还不满足吗？"这是他最满意的一次，但女孩却好像有意见。

"你别生气，"她回答，"我只是以为会比这更复杂。"

"这事就跟把螺钉送进螺帽一样简单,知道吗?"他没好气地说。

她看起来有些后悔。

"对不起,"她说,"你对我很好。"

她学得倒是挺快,作为妓女一定大有前途。她已经知道要在事后赞扬男人了。

"如果你不满意,"他抗议道,"报个补习班吧,好好学。"

她贴近他,抚摸着他的脸。

"我很满意,"这次她撒谎了,"你很棒,我爱你。"说完她轻轻吻在他脸上,像他的双胞胎姑娘们做过的那样。

"这是另一回事,"他说,"你不必假装爱上了客人。他们也不爱你。他们付钱不是为了得到爱。"

"好,"她起身离开他,说,"我不会再说爱你了。"

他又一次感到厌烦,同时本能般地发动了引擎。卡车启动了。突然他记起来自己说过,完事之后要把她留在路边。

但现在他改变主意了。他会如她所愿,把她带到"勇者"门口,但他不会进门,而是驾车径直离开,送货已经迟了。再过不到一小时,这一切就都一了百了了。

卡车在沉默中前行。女孩觉得他有些不悦,他则觉得自己想尽早甩掉她。没办法再告诉他老婆今天发生的一切了：在自己的卡车驾驶厢里取走了一个只有十五六岁的女孩的童贞，这种事可不适合对她讲。但这倒也不是他的错。是她请求他这么做的，何况即便他没这么做，也很可能会有另一个男人来。其他人可不会像他这么小心翼翼地对她了，几乎是带着爱意。

车开到"勇者"门口，他停下车，望着她。

"你真的确定要去这里吗？"他最后一次问她。

"是的，谢谢你，我这辈子都会感谢你，"她说，"你是个好男人，你对我很好。"

"不要说什么谢我！"男人怒吼道，"我最好还是把你带到警察局，或社会救助……"

"不，"她说，"遇见你就是最好的事。"

她毫无迟疑地下了车。

他驾车向城里驶去，一路上提不起一点兴致。总有什么东西让他不悦，但他也不知道到底是为什么。

进城后，他找到一个电话亭，给他老婆挂电话。他问两个女儿在干吗。他老婆告诉他，她们去参加生日聚会了。他勃然大怒。

"是你领着她们去的吗？"他问。

"对啊。"她回答。

"那你现在就去把她们给我找回来，"他近乎失控地大吼，"已经很晚了，我不想让她们单独待在外面。"

"现在才九点而已，"她不为所动地答道，"我十点就去接她们。"

"已经很晚了，"他继续埋怨着，"这个世界上到处都是狗娘养的浑蛋男人，就喜欢挑小女孩下手。"

错 爱

Los amores equivocados

十九岁那年，她带着能在巴塞罗那找到他的模糊愿景横渡大西洋，因为早在蒙得维的亚一个浓情的夜晚，在他机灵、温柔又充满爱欲地取走她的童贞的那个夜晚，她就已经爱上他了。那一夜，唱片机里不断循环着玛利亚·贝塔尼亚[1]热烈深情的声音，他则谈论着死去的诗人——譬如波德莱尔——和老电影——譬如《同流者》。在诗歌和电影里，爱情总是那么炽热、那么清晰。

　　她答应会去找他，他却只是温和地笑了笑：他三十岁了，丰富的人生阅历让他明白，那欢爱一夜里许下的漂荡在欲望海潮上的承诺听起来有多热情，实际上就有多脆弱。另外，他更想独身一人，远离这座无数风和浪花汇集的城市。他让她不必费功夫，因为他也不知道自己将在巴

---

1. Maria Bethania（1946— ），巴西歌手。——译者注（若无说明，本书所有注释均为译者注。）

塞罗那迎来怎样的生活，他没有钱，没有朋友：这次远走只能顺其自然，不抱什么憧憬，只是为了改变窘迫的现状。

到达那个坐拥高迪和犹太人之山[1]的城市两个月后，他偶然地在格拉西亚大道上著名的"药房"[2]里遇见了她。那是唯一一家夜里不关门的店，他可以坐下来点一杯啤酒，翻翻桌上的报纸，再打量一番那些永远不会属于他的女人。她是一个月前到的，现在在"药房"角落里卖明信片、烟卷和邮票的小摊位打工，挣一份微薄的薪水。她比从前更漂亮了，城市里飘散的大麻烟雾及其味道既没有沾染她的皮肤，也没有抹去她自信的微笑。

"我就知道能遇见你。"看着他诧异的脸，她笃定地说。他则从来没那么确信，只得将这次相遇解读为命运的暗示，同时心中生出几分责任感。这个明明只与自己在蒙得维的亚有过一夜缠绵的小姑娘居然真的远赴大洋另一端，只为了找他，这怎么可能？她是抱定了——他永远也不会了解——多大的决心？她究竟是太过天真还是经历了难以想象的深思熟虑？

---

1. 即蒙特惠奇山（Montjuïc），巴塞罗那市地标景区之一。
2. 巴塞罗那知名综合性购物娱乐场所，内设有商店、书店、餐厅、酒吧等，1967 年开业，1992 年关闭。

"等我一会儿，你别走，我早上六点就下班。"她兴致高涨，欢快地对他说。看起来，她完全相信了那类似"命运法则"的东西。一切仿佛都在冥冥中签下契约，早已注定。

他等待着。本来也没什么事做，只能翻看着昨天的报纸，打量餐厅里的女人，继续等待天亮。现在他觉得报纸上的内容已经陈旧得像古董，而在见到她之后，另外那些女人看起来也都显得老气横秋。

天亮的时候，他们一同离开餐厅，走向他在哥特区租住的房间。由于规定严格禁止女客进入，正午的时候，他们便双双被铁面无情的加泰罗尼亚女房东赶了出来。

他们在兰布拉大街的众多小摊前漫无目的地逛荡，这里什么都卖：报纸、肖像画、运动队的旗帜、玫瑰花、鹦鹉、狗、百合花、鸟等等。一路走到港口，哥伦布的雕像神秘地指着某处，一些人觉得那是美洲的方向，另一些则说是印度。（人们做出了许多猜测和考察，但没有人清楚地知道这个脑子里充满幻想的热那亚人——不是加泰人——的手指到底指向何方。）他们望见几条满载乘客的船，他对她说，现在没办法回到无数风和浪花汇集的蒙得维的亚去了，因为就在从他温柔又机灵地取走她童贞的那一夜到他们在巴塞罗那重逢的这一天期间，那里发生了军事政变。

她为他注入了活力与能量。她说她爱他，这么远过来就是为了见他，像科塔萨尔笔下的玛迦一样。[1] 她已经做好准备，可以去打工或偷东西，可以照料他，或在必要的时候藏匿他，甚至可以为他去卖身。她唯一想要的就是一直待在他身边。"我就知道我会找到你的，"她说，"现在我们再也不会分开了。"

他充满感激地望着她。他还没有对她萌生爱意，但她是如此坚定，充满希望与信心，这让他觉得惊讶。他自己完全不具备这些品质，早在孩童时期，早在他父亲抛下他和母亲一去不返的时候，他就把它们丢掉了。后来在蒙城甚至又丢掉了一次，就在他与女孩发生关系前不久，因为那时他发现他爱上的女人对他不忠。

出于某种责任感，他觉得他应当答谢女孩的爱。他的父亲从未有过这份责任感，虽然父子关系并不能等同于男女关系。难道说，责任感并非组成爱情的必要因素？

他们租下了一间极小的公寓，刚刚够容身，不过他们没有行李箱，也没有家具，只携带了两个躯体和一段不愿回忆的过往——他的过往。她继续在"药房"打工，挣着

---

1. 胡里奥·科塔萨尔作品《跳房子》的主人公。

最低薪水，不时在英格列斯百货和大型超市里顺点东西，以维持家用。顺得走的都是些能藏在衣服里的东西：金枪鱼罐头、男式背心、奶粉、牙膏、长筒袜、一本书或巧克力。巧克力拿得多，因为既能饱腹，又能产生热量御寒。

独裁持续了相当长的时间。一晃好几年，她四处和人讲述她那传奇的爱情故事，无论别人想不想听：讲她如何爱上他，如何一无所知地穿越大洋，如何巧合地遇见他，又如何凭借"药房"的工作和小偷小摸生存下来。人们又是惊讶又是敬佩地听着，他们都是本地人，从没远行过，都循规蹈矩地找到了普通伴侣，没有人曾经为了爱情做过任何非同寻常的事。

他在听这些事的时候则往往有些不安，在整个故事里，他扮演的角色异常被动，他的存在仿佛只是为了被她爱；他不知道自己是应该为自己点燃了她的爱意感到骄傲——或许有其他男人比他更值得她的爱——还是应该为没能讲出一个同样精彩的故事而感到羞愧。为了补偿她，他和她结了婚，但他却觉得这不过是最微不足道的事。当年他因受够了平平无奇的蒙得维的亚而毅然选择逃离，如今和她一同住在巴塞罗那，他却觉得这里和他的家乡也没有什么两样。不过他倒也不再相信城市会为生活带来改变了。

他偶尔会出轨，尽管她对他的爱意已经如此绝对，没有一丝裂痕。事后他也不会感受到良心的谴责，因为那不过是露水情缘。

十三年后，独裁统治垮台了，但他们没有回去。彼时她已经当上了音乐制作人，他则在一家出版社谋到了职位，每天读一些无比混乱的稿件——它们理应被扔进废纸篓，到头来却还是在走完一整套邪恶的编辑流程之后被变成一本本书，有时甚至还能变成畅销书。真是创世以来第十大谜团。

他们一致决定不要小孩，两人对养育后代都不感兴趣，并且都觉得这个世界太过复杂、太过动荡，没有必要再生一个孩子，况且那孩子自己可能根本没有降生于世的愿望。

不过有一次，在他已不抱奢望的时候，他真的爱上了另一个人。那是个外国人，一个来和出版社商讨著作权相关问题的法国女人。他们设法在拉弗朗克度过了一整周时光。那是一个小渔村，有一家古老但漂亮的酒店——东海岸酒店。他们在那里看到了几艘古船的复制品，甚至还有一艘仍可以用于正常航行的小船：既是航海时代的遗存，又是世界上最古老的职业——渔猎业的遗存。划船、相爱、遗忘、远航，他们觉得这些行为都隶属于同一场旅程的不同阶段。她向他提议抛下妻子，和她一起去巴黎，生一个孩子，忘掉原则，她说，但他心神不宁，拒绝了这个提议：一种强烈的道德责任联结着他和妻子，是她那天夜里遇见了游荡在格拉西亚大道的"药房"、无所事事的他，他那时没有一分钱，更没有任何重回那座无数风和浪花汇集的城市的可能性。

法国女人斥责他的软弱，甚至鄙夷地觉得他像个懦夫，他则辩称是有道德层面的顾虑。她暗示自己怀孕了，他却假装没听见。随后两人再未见过面。或许一切就像他父亲当年经历的一样？他自问道。

他什么也没有和年轻的妻子说，因为觉得这种事自己知道就好。他和妻子之间的关系缓慢地淡漠着，而他也不知道究竟是为什么——是因为时光无可遏止地不断流逝，还是因为对法国女人的爱与欲望依然会不时来侵扰他，让他深陷忧郁之中。他的良心依然安宁：爱上法国女人为他带来了强心针一般的能量与快乐，但它们随后便被另一种感觉所中和，即必须待在那个一直深爱着自己的女人身边的那种负债感。这是他自蒙城那个热烈的夜晚起便欠下的债，到了巴塞罗那后又欠下了更多。他不会像父亲一样。

他们没有孩子，但好友众多，时常一同聚餐。美食是维系情感的绝佳纽带。有时他们也外出旅行。她筹办音乐会，他则读一些平庸的书，随后煞有介事地将它们出版，仿佛那真是些文学作品。她对装饰品的鉴赏水平非同寻常，他则开始计划写一本小说，毕竟所有有点文化的人都能写书——只要能匀出一点时间，或者不谈恋爱就行。

某天，一个版权代理来到他们出版社办事，那人碰巧是法国女人的同事，于是他试探着向他打听她。代理告诉他，她这段日子非常消沉，因为她刚出生的独生子夭折了。他暗自问孩子的父亲会是谁。不过他不想再多打听了，因为他正忙于写小说，必须保证注意力放在文本上，不被任何外界思绪或问题所烦扰。

小说讲的是一个十九岁的女孩和一个三十岁的男人的故事。他取走了她的第一次，她爱上了他，他离开那座城市，两个月后她随他而去，并在大洋彼岸的另一座城市偶然重逢。故事里的爱情如此绝对，没有一丝裂痕，战胜了一切阻碍，挺过了真正的危难时刻——男人爱上了一个法国女人，但最终没有同她一起去巴黎……

他的妻子对两人的关系引以为豪。身边的朋友们有分居的，有离婚的，也有过得不幸福的，她则四处宣传，标榜自己的婚姻是幸福范本，没有争吵，没有误解，没有厌弃，始终是一条彼此提携、充满爱意的牢固纽带。她一遍又一遍地讲着那些故事：他机灵又温柔地取走她的童贞，她乘船离开蒙城，随后是巴塞罗那的一个寂寞夜晚，在格拉西亚大道上的"药房"遇见他，然后通过偷沙丁鱼罐头、金枪鱼罐头、巧克力、橄榄和御寒的衣物生存下来。他每次都听得很认真，但从未摆脱过心中的负疚感与羞愧。他甚至怀疑，无论他做什么，自己对她的爱永远无法和她对自己的爱相匹配，哪怕债务有一天都还清了，负债感也将存续。

他的编辑觉得这会是一部不错的小说，虽然他并不知道所谓"不错"指的究竟是文学性还是潜在的商业性，但他觉得还是不问为好。工作经验使他明白，一部"不错"的小说如果卖得不好，就会失去这个名头，相反，一部重情节、轻主题的平庸之作如果大受市场欢迎，就会摇身一变，成为一部"不错"的小说。

他没有把小说拿给妻子看，而是更愿意把它当作一个秘密，就像和法国女人的爱情故事一样。等书出版后，她自然会读到的。

距小说出版日期还有一个月的某天晚上，妻子邀请了一对葡萄牙夫妇来家里共进晚餐。他不认识他们，只在席间模糊地了解到，那位男客人也是一个音乐制作人，女客人则是出色的法朵歌唱家。法朵不是他喜欢的那一类音乐（他觉得它听起来像探戈的穷酸亲戚），但他倒也并不排斥。不过他不善于社交，没有妻子那么如鱼得水。他并不介意在客人们对女主人的厨艺、餐桌的装饰或客厅的布局大加赞扬的时候一言不发地待着。他有些游离，一边吃饭一边谈话让他不悦，虽然他知道这只是一般惯例，既可以避免和客人走得太近，又不至于产生任何矛盾冲突。

客人们开始谈论里斯本，他们生活的城市。男客人在那里当音乐制作人，女客人是那里拥有国际声誉的演唱家。他们想了解男主人对里斯本的评价，他说他只去过那里一次，觉得那是一座毫不张扬的、悲伤而忧郁的城市，太像蒙得维的亚了。他还是喜欢更有活力的城市。

令他意外的是，他的妻子突然说，她很喜欢里斯本。她从没和他一起去过那儿，甚至从没跟他提过这个城市。或许也曾提过，但他没有在意。

"那是个很美的地方，"他的妻子说，"我喜欢那儿起伏的街道和有轨电车，喜欢希亚多区的日落、带镜子的咖啡馆和萨拉查下令建造的那座长桥。我第一眼看到里斯本的时候，就认真地考虑过要不要留在那里，住下来。"

"那是什么时候的事？"男客人问。

"是我离开蒙得维的亚的时候，"她说，"那时我很年轻，只有十九岁，渴望冒险，渴望看看世界。我一直在等待一个契机，能促使我离开故乡的契机。我受够了我那个家了，不想把自己的青春年华都虚度在那里。我搭上一艘终点是巴塞罗那的船，"她继续道，"但当船在里斯本停靠的时候，我在那儿待了五个小时，在城市里漫步，我真的很喜欢里斯本，确实动过留下来的念头。"

"那为什么没有留下呢？"音乐制作人感兴趣地问。

"船的终点站是巴塞罗那，我的行李都在底舱里，"她解释道，"而且说到底，哪个城市对我都一样，我只想着离开蒙得维的亚，我一点也不喜欢那儿。这些都是只有年轻的时候会做的事啦，"她又辩解道，"不会再有第二次机会了。不过如果真能有的话，我想我会留在里斯本。"

"您非常勇敢，"男客人评价，"那么年轻，一个人踏上旅途，去到一个完全陌生的城市。"

"那时只有十九岁，"她答，"如今不会再做这样的事了。"

他在椅子上陷得更深了些，拒绝了餐后甜点。

"怎么了，亲爱的？"她问，"你平时总爱吃甜点的。"

他摇头拒绝。

客人们又待了两个小时。想要离开热情的女房东是件难事，她一直挽留他们，不断端出新东西：利口酒、面包、糖果。聊天的话题不停变化：法朵与探戈的相似性、大都会葡语或巴西葡语的差异、在世界各地卖唱片遭遇的经济难题等等。

客人们走后，他帮着她收拾桌子。

"你从没跟我说过你曾在里斯本下过船，还那么喜欢那儿，还想留在那儿。"他用完全没有情感倾向的声音对她说。

"我肯定说过，不止一次，是你没听见吧。"她辩称。

"不是的，"他坚持道，"你从没跟我说过，没在我面前提到过。你总是说你是追随我才来到巴塞罗那，为了爱情。"

"那是一场冒险啊，不是吗？"她回答，"十九岁的年纪，一个人觉得自己可以吞下整个世界。"她的声音洪亮，像在闪光。

"我从来没干过吞下世界这种事，会消化不良的。"他继续争辩。

"反正我能吞下。你想啊，我年轻、漂亮、有点子、爱冒险。如果没有碰巧在'药房'碰到你，我可能会继续旅行，说不定呢，然后回蒙得维的亚去。我不知道。都是太久之前的事了。如果在满世界漫游的路上有你跟我一起，或许会更好。"

"那你为什么总是在别人面前讲你的伟大爱情故事？"他又问，仿佛自己在当面试官。

"因为那是一个不错的故事，"她说，"很戏剧化，有情节冲突，又有诗的韵味，我失去童贞，你为此有负疚感，还有去'药房'工作，在百货商店顺东西……你难道从没想过把这个故事写下来吗？你能赚大钱的。读者们说到底都很单纯，只想读一些能让他们忘掉庸庸碌碌的日常生活的东西。如果你不写的话，说不定我会动笔写。我想放几首法朵听，你介意吗？我想好好听听这个女歌唱家的音色，说不定会签下她。"

他不介意。至少他嘴上说了不介意。他觉得生活中从没有什么事让他真正在意过，面对他的妻子时，他因此甚至感到愧疚。可如果已经不在意了，为何还会愧疚？

"你还要接着写小说吗？"在法朵的间隙，她问。（为了自由的念头／你远远离去／远到连我的叹息／都无法将你触及／你听不见风／你听不见海。）[1]

"没错。"他回答。

就是为了不让她把它写出来，他心怀怨愤地暗想，随后关掉了他那侧的床头灯。

---

1. 阿玛利亚·罗德里格斯的法朵曲目《遗弃》的歌词。——原编者注。

相遇

El encuentro

正午十二点，门铃响了。我以为会是民意调查、电费账单或兜售分期付款的百科全书的推销员，但都不是。不合时宜地出现在门口的人是何塞。他大白天这时候来干什么？在这个隐私得到充分尊重的城市里，唯有严重的意外、上门辞别或是一场重病可以解释他的反常行为。我连忙打开门，害怕这位朋友遇见了什么麻烦。他站在门口，脸色一反常态。他的领带跑丢了，衬衣第一颗扣子也开了，汗水从太阳穴淌下，眼镜则在鼻梁上跳着不规则的舞蹈。他不停眨眼，面颊潮红，像心脏病患者一样急促地呼吸着，看起来马上就会爆炸。

"何塞，快进来，"我说，"你怎么了？"我问。

"拜托，给我来杯水吧。"他恳求道。

我走到厨房。他在椅子的一角坐了下来，仍在大口喘气，平复呼吸。我猜他的脉搏得跳到一百五了。

"你被袭击了吗？这座城市越来越危险了，哪怕正午十二点，可能都会撞上抢劫。"

"不是。"何塞气喘吁吁地回答。

我想到了摩托党。摩托车手们总是习惯在人行道上骑行，可能一时疏忽，撞上了行人。但何塞看起来没有皮外伤，身上没有流血。

"出什么意外了吗？"

"不是。"他的声音细若游丝。他一口喝干杯里的水，用手掌擦掉额头、脖子和太阳穴上的汗。"是一次相遇。"最后他结结巴巴地吐出这几个字。

遇见什么能让他变成这副模样？我记得他没有敌人，更不相信是幽灵或什么不明飞行物。

"就在街拐角，"他费尽力气地继续说，"突然之间，人群中我遇到了她。"

"遇到了谁？"我惊讶地问。

"我一生梦寐以求的女人。"他躁动不安地答道。他又把屁股挪到了椅子的边缘。

能遇见一生梦寐以求的女人这种事可不常见，何况还是在街角。何塞是个幸运的男人。

"然后你干了什么？"我忙问。

"我毫无办法，"他解释道，"逃跑一样地往反方向溜走了。我跑啊跑，一直跑到你家门口。我跑掉了领带，跑掉一只鞋，眼镜也跳起来了，还差点撞上一辆车。"

"她有这么漂亮？"

"你听好我跟你说的话，"何塞接着说，"我十五年前就梦到她了。我开始想着她手淫，一直到昨天晚上我还这样来着。突然一下，在我最没有预料到的时候，她就这么没有任何预兆地出现了，就在街角……我吓得赶紧逃跑了。"

我开始好奇了。

"她这会儿在哪儿？"

"我不知道。"他回答，不停地左右张望，好像害怕会再次见到她。

"她长什么样？"我半是好奇半是怀疑地问。

"她……她……"他逐渐语无伦次，"她很美，真的很美，简直美到我无法承受。"

"美到你无法抵抗？"我更正他。

"美到我无法忍耐。美到我心痛。"

我觉得没有几个人能听懂他这些话，但我听懂了。

"那种美会让人受伤。某一次，某人在某地伤害了你，然后你会一直慌乱不安，你会颤抖。"

我逐渐明白他为什么会逃跑了。

"她让人强烈地想要赎罪，"他清醒地说，看起来他已经从激荡的狂喜中平复，变得思维敏捷而充满智慧，"会让人产生一种想去抚慰她、保护她的愿望，哪怕她那种美貌会让所有看见她的人受伤。就像一面镜子。"

"所以你逃跑了？"

"不"，何塞说，"我逃跑是因为我觉得自己丑陋至极。直到那一刻，我都没意识到我原来那么丑。或者就算我意识到了，我可能也没当回事。"

我觉得他夸大其词了。他就是个普通男性的长相，像大多数人一样。不丑也不帅。他的脸圆乎乎的，头发稀疏，微微发胖，但在全世界任何一个地方，男人略胖一点都可以被原谅。

"不，也不是说丑陋至极，"他又解释道，"是她的美貌让我自惭形秽。你看看我，"他有些内疚地说，"你觉得我怎么能就这么出现在她面前？那可是我一生梦寐以求的女人啊，"他又重复了一遍，"十五年前我就梦见她了，从我第一次弄湿床单开始。但那时她只是一个幻影，一个不真实的、不存在的人，只是我自娱自乐时的一个工具。现在她却突然出现在那里，就在大街上，我像疯了一样颤抖，感觉自己如此糟糕、丑陋、庸俗、可鄙。"

"她在哪儿？"我问。

错 爱

"我怎么知道。不是跟你说了我直接逃走了吗？我记得她好像进了一家香水店。巴尔梅斯街和米特雷街的街口有香水店吗？"

我说有。

"收拾收拾你的衣服，"我命令道，"我倒想会会她。我们一起去。"

我不想错失这样的机会。我整理好着装。作为男人我颇有几分魅力，和女人打交道时，桃花运也向来不错，尤其是和漂亮的女人。只有她们才能让我提起兴趣。

何塞跟在我后面。他看上去放心了一点。

我们走到巴尔梅斯街和米特雷街交会处的路口。那里的确有一家豪华的香水店，玻璃橱窗里饰有丝绸，上面摆着一瓶瓶名字充满暗示意味的香水：毒药，自我，纳西索，真我。我们把脸贴在玻璃上，向店内张望。

何塞一生梦寐以求的女人就在那里站着，玻璃窗上的一道旧日伤痕将她的美貌分成两半，但她仍漂亮得无与伦比。她傲然独立，丰富完整，不容占有。一瞬间我觉得自己苍老了。我低头看看自己的衣服，它们如此丑陋。一个平庸的男人。我眼中的自己消瘦而多病。尽管出门前仔细刷过牙，但一股酸涩的味道还是在我嘴里弥漫开来。苦痛的感觉紧紧扼住我的喉咙。

"我们走吧。"我急切地对何塞说，随后飞奔出来。和他一样，我也逃走了。等我那位朋友终于赶上我，他问：

"你怎么了？"

"没什么。"我说。那女人是我一生梦寐以求的人，自打我学会了一个人在床上行享乐之事开始。

原本诸事顺利

Todo iba bien

原本诸事顺利，直到她在爱欲汹涌的打闹与戏弄中，突然让他叫她婊子。"你说啊，说我是婊子，婊子，婊子，求你了。"她喊着。他正准备进入她的身体，却微妙地停了下来。虽然他尽可能地加以掩饰，但他那叛逆的家伙并不想屈从于他的意志，而是选择继续茫然四顾，就像他本人一样茫然。他又吻了她几次，但随着某一次偶然的手脚变换姿势，他不再保持上位，而是顺势躺在了她身边。

　　"你怎么了？"她惊讶地问。他没怎么，没什么大事，只不过他不喜欢在做爱的时候说话，更不喜欢被人要求说出某句话。脏货，婊子，或类似的任何一个词都不会刺激他的神经。相比之下，一次安静而坚定的插入带来的兴奋更加远甚，无须说一个字，只是让两人的思绪自由翱翔，像一项沉默而威严的战争仪式，不需要任何言语作为战鼓。

　　"我不喜欢说话。"他怨愤地说。她微微侧起身，看着他的脸。

"倒也不是要让你发表演讲。"她为自己辩护道。

事情是这样的：有时他能一展雄风，有时不能，而一个小细节——在她看来的小细节——就足以坏事。

"我知道，"他说，"但说话本就没必要。用不着。"

"不说话，像动物一样，嗯？"她有些受伤。

他们约好在这家三流旅店见面，在上床之前他的话也不多。他觉得她可能早已习惯了和陌生人约会，而她想的却是：又一个只想着那档子事的人，好吧，那就跟他做吧，他倒是个有男子气概的人，收拾得很利索，绿眼睛，发型也不错。他是一个保险经纪人，又或许是银行雇员。她是护士，今晚不值班。

"我不是指动物，"他回答，"做爱让我感到愉快，是因为只有在这时候我才能什么也不用想，只专注于自己正在做的事。我以为你也一样。"

"好吧，确实也是，"她同情地说，"有时候我晚上离开医院，觉得特别孤独，或者碰上十分钟前刚死了个病人，这时候就只想喝点猛的，喝点提神带劲的，喝点能让我坚持下去的东西。我需要一个支撑。"

他感到讶异，不久前他的阴茎刚刚宣布罢工，拒绝工作，拒绝言语，可现在他和她居然在聊天。难道唯有经历了惨痛的失败后，人才会开口交流？

"你不用担心。"她说。

"我没有在担心，"他回答，"我只是无法说出口。说你要求的那些话。"

"婊子"这个词会让他产生一系列痛苦联想：肮脏的避孕套，被血浸成红色的卫生棉，悲伤的小房间，探戈，还有饥饿。

"我不觉得我做得有错，"她抗议道，"大多数男人都喜欢在做爱的时候叫我婊子。"他对其他男人的癖好丝毫不感兴趣，现实已经够他受的了：他孤身一人，不久前刚离婚，和曾经的妻子发生过无休止的争吵，她指责他是精明而古板——如果这两种特征能够同时存在的话——的大男子主义者。

"所以你那样是为了取悦我吗？"

这是一个迫使人开口的问题。而一旦开口了，疑惑会越来越多。

"我那样是因为我喜欢，我以为你也喜欢，"她解释道，"我没想到对你的影响那么夸张。你从没上过婊子吗？"

"没有，"他说，"我不需要。我结婚六年了，一直过得很好。"

这一点她完全同意。眼前这个男人有着健硕的身材，碧绿的眼睛，利落的黑色短发，他过去十年想必都不曾经历过一个孤身一人的夜晚，未来十年应该也不会经历的。

"那你呢，为什么叫你婊子会让你这么兴奋？"他更挑衅地问。

"够了，"她说，"如果不做爱的话，我就走了。我挺高兴未来有机会认识你，不过我们不会再见面了。"她最后宣判道。

"对不起，"他说，"我三个月前刚刚和老婆离婚。"

"你老婆应该也不会在办事的时候让你叫她婊子，"女人说，"那她喜欢怎么来？也像你一样安安静静的吗？"

"我不想聊关于她的事，"他说，"而且她已经不是我老婆了。现在我们谁也管不着谁。"

"是你要先提起她来的，亲爱的。"她一边穿上黑色长筒袜，一边说。他放肆地盯着她的腿。她的腿非常漂亮。

"你能像这样多保持一会儿吗？"他请求道。

她吃了一惊，停下手里的动作。

"像哪样？"她问。

"保持穿袜子的动作，"他说，"你的腿很好看，黑色袜子也很配你。"

她打量着自己的一条小腿，觉得他说得有道理。

"好吧，如果你想多看看的话……"她说。做爱是一道困难的工序，没有操作手册可以遵循。或许这个男人喜欢在做爱之前先看个尽兴。

他看得很起劲。几分钟后，她摆姿势摆累了，更对眼下的状况感到茫然。

"你是个偷窥狂吗？还是有恋物癖？"她问。

言语，又是言语。一切都被言语严格界定。喜欢看，就是"偷窥狂"；喜欢比自己年轻十五岁的女孩，就是"恋童癖"；喜欢拍女人的屁股，就是"施虐狂"；喜欢被女人绑住，就是"受虐狂"。

"我不是你说的那样的人，"他说，"只是你的腿很漂亮，长袜也很适合你。就这么简单。"

"我想走了。"她说。

"我付了两个小时的房费，"他解释道，"如果你愿意的话，我们可以看看电视，或者看个电影，这样不浪费钱。"

"我更喜欢一个人在家看电视、看电影。"她回答。

而他最怀念的，则是能和妻子一起在下雨的周六待在房间里，看电影或听音乐。

"你为什么离婚？"她让步般地说。不过她已经开始觉得自己真的像一个妓女了，客人付了钱却什么都不做，只是为了聊天。

"她抛弃了我。"他坦白。

"一定是你对她做了什么。"她说。

"她说我很大男子主义,"他回答,"说我总喜欢在床上叫她婊子什么的。"

她严肃地盯着他。他是在嘲笑她吗?他是个虐待狂吗?一个精神病?她有个朋友曾告诫她,不要在夜晚同陌生人调情,可能会有意想不到的坏事发生。

他察觉到了她的怀疑,觉得或许可以再解释几句,毕竟他的那家伙还是懒洋洋地耷拉着。

"我能理解她,"他说,"她是工程师,你明白吗?造桥什么的。她习惯了与男人和建筑材料打交道,毕竟到头来都一样:男人、水泥、冰冷的建筑学、坚硬的原材料……她想要的是更温柔、更纤细的东西……和她做的时候,我欲望很强,总是很快就完事。更糟糕的是,我会在床上辱骂她:脏货,婊子,母猪……她是她们那一批里最厉害的工程师……爱情里有些东西就是说不明白地不对劲,你不觉得吗?"

她的职业是护士。她习惯了和人体里不对劲的东西打交道。那样的东西可是不少呢……

"你们结婚前没有讨论过这个吗?"她问。

"她觉得她能改变我,让我变得不那么强硬、不那么大男子主义,让我多一点同理心、多一点情感。但我内心深处始终还是一个肮脏、冷漠、强悍的人，一个潜在的施暴者。"

她好奇地看着他。

"你是准备给我讲一部电影吗？为了不浪费两个小时的房钱？"她问。她不知道是否应该信任他。

"不，"他说，"她最终抛下了我。有一天做爱的时候，我打了她。我打了一个最优秀的工程师！"

"我觉得你不爱她，"女人说，"可能她的成功让你感到愤怒，你不愿看到她比你更优秀……"

"她也说过一样的话。也许是真的。也许我就是一个愚蠢的大男子主义者，只能接受女人处在被支配的地位，低人一等。"

"我真的要走了。"她下定了决心，穿上鞋。一双精致的黑色高跟鞋。

"再留一会儿吧，求求你，"他说，"我不喜欢说话，但当我开始说的时候，女人们总是不愿意听。"他埋怨道。

"我觉得你需要一位心理医生，而不是情人，"她说，"可以试试找个女医生。"

"我不需要任何东西，不需要任何人。"他又吼起来，并突然勃起了。他的家伙迅速挺立起来，正请求出征。请求插入。插—入。[1]

撕碎衣服，撕碎长袜，撕碎皮肤，撕碎回忆；撕碎忧愁，撕碎哀叹，撕碎倦怠，撕碎纪念品；撕碎叫喊，撕碎恳求，就这样插入。

她完全没有料到他突然的变化。他把她推倒在床上，掀起她的裙子，一把扯下长袜和内裤，没有再欣赏片刻，而是毫不迟疑地进入了她，像所有真正的男人那样。她任由自己被他占有，她能感觉到他在扯动她的头发、啃咬她的脖子、挤压她的胸。

"婊子，婊子，母猪，你是我的婊子，婊子，你喜欢这样吗？嗯？你不就喜欢这样吗？"他发出激动癫狂的怒吼。

一切只持续了几分钟。在这种情况下往往如此。

随后他们各自沉默着穿好衣服。

他们下到酒店大堂，跨出旋转门，走向不同的方向。

她不知道他的名字，他也不知道她的。也没有必要知道。

下雨了。他决定淋雨回去。他想把头发、裤子、鞋子都淋湿。他想哭，是因为脸上淌着雨水吗？他平静了一些。

---

1. 西语动词"插入"（penetrar）中包含了"阴茎"（pene）和"进入"（entrar）两个单词。

虽然离婚了，但他过得不能算差。他有一份不错的工作，有一间公寓，银行里有存款，也挺招女人喜欢。他想到了他的母亲。如果她还在世，她会为他骄傲的。母亲一个人把他拉扯大，没有求助于任何人，但他的同学们却叫她婊子。街区里的婊子，他们说。

他跟他们大打出手。打花了脸，打落了一颗牙，嘴唇流着血，一只耳朵上还掉了一小块肉。

"你怎么了？"看到他受伤了，母亲忙问。

"有几个人叫你婊子。"他回答，依然带着愤怒。那时他十一岁。

"我就是婊子，亲爱的，"她说，"我为此骄傲。是这个职业养活了我们俩，而不是你的父亲，你出生前他就死了。"

夜里，雨

De noche, la lluvia

她走出"翻译之家"时已经入夜了，大雨倾盆。在四楼——顶楼——的时候她就已经听见雨滴的噼啪声了，仿佛好几十只啄食东西的鸽子跳来跳去，布满寄生虫的鸽腿摇摇晃晃，保持着平衡。独自坐在办公室的电脑面前，身处绿植堆那整洁无菌的孤独之中时，雨声曾让她感到愉悦，既成为一种激励，又提供一份陪伴。已经有好几个月没下过雨了，这场雨想必会润泽万物，尤其能补充那些水库，那里的水位都已经降到最低了。她从早上起便全神贯注地工作，没有被打断过，处理一份联合国的冗长文件，计划着在入夜前做完，赶回城里。周四做完了这个，就可以好好享受自由的周末了。她有十五天没见到罗贝托了，他忙着开一个儿科医生大会，一切顺利的话，他们周六或周日能聚在一起。平时他们住在这座庞大而无生气的城市最远的两端，必须穿过大街小巷、桥梁和隧道才能见上一面，但这都还并非分居生活最让人失望的一点。

雨越下越大。她走向"翻译之家"的停车场去找自己的车。雨水像厚重的帘布从天空抛下，模糊了她的视线，淋湿了她的周身，她几乎变成了一片落叶，在水中摇摇晃晃。停车场边的两棵棕榈树歪斜着身子，枝叶乱作一团。风声就像所有来源不明的声音一样令人恐惧。它是从远海，从远方的森林，从穷人的锌皮屋顶，从管道里的水声中吹来的吗？风继续呼啸，发出瑟瑟声响。她摇了摇脑袋，淌成小溪的水瞬间沾湿了脸。她匆忙打开车门，带着复杂的心情缩进车里：既因为好几个月没有下的这场雨而开心，又多少有点恐惧，因为眼前的道路已经被黑暗和暴雨完全遮蔽。这条路照明很差，她必须打开远光灯。到城里要开两个小时，但在暴雨里应该会花更长时间。前面的路上看不到一辆车，后方也没有。她妈妈一定会说，在这时候开车多可怕啊，幸亏她现在不在这里。罗贝托也一样。他展现自己男子气概的方式就是总想着保护她。

借着远光灯，她在黑暗中开了几公里。她没敢听音乐，因为害怕听着东西会分心，无法辨别出危险到来时的声音。

车驶近一个弯道，她换成近光灯。公路旁的一段泥泞的小路进入她的视线，视野还是很模糊，但她在右侧路边发现了一个高大纤瘦的身影，正在风雨中艰难保持着平衡。她辨认出那是一个女人，非常年轻，就这么站在路边，绝望地打着手势，希望有路过的、在这样的天气冒险上路的车能停下来。女人应该等了有一段时间了，因为这条路平时很少有车经过。这女人从哪里来？年轻女人浑身湿透，头发在风中摇晃着，看上去既绝望，同时又充满勇气，让她不禁心软。

她将灯光打向年轻女子，将车停了下来，用一个干脆利落的动作一声不响地打开车门。一小股水流瞬间淌进车内，仿佛车变成了挪亚方舟一般。

女孩轻盈地跳上车，那敏捷的身姿是二十岁的年纪独有的——如果已经满二十岁了的话。她没有熄火，顺利地重新起步，又换上了远光灯。

"谢谢。"女孩说。她坐在了左侧。女孩浑身湿透，穿着黑色短裙——她觉得是皮料的——破旧的尼龙网袜和能拧出水的红色罩衫。她淋湿的长发团成了不规则的一绺绺，一直垂到肩膀。

"这一晚上可真够受的，"她说，"还好我看见你了。你可以留下来过夜的，你都湿透了，也没有去处。"

"哦，别提了，"她说，"我的手机坏了。这破玩意儿一沾水就完蛋了。它可不会游泳，也漂不起来。进了水就坏了。"

虽然已经湿透了，但女孩仍散发出某种味道，她分辨不出究竟是什么味道。或许是大麻味，或酒精味，或者其他类似的东西。

她依然全神贯注地盯着前方，但现在把车速放慢了一些，因为她不想出任何事故：现在她得对这个女孩负责了。

"你要去哪里？"她问。除了问出这个问题，她并不想再多做些什么。她清楚地知道，女孩这一代的年轻人不喜欢受到控制，这会让他们觉得像被跟踪一样。他们厌恶面对面的交流，更倾向于在虚拟世界沟通。

"你要去哪里？"女孩说。

真是经典的反击方式，她想：将提问人问出的问题原封不动地抛回去。她的任教经历毕竟还是带给了她一些经验。也正由于不愿跟人打交道，到最后，她选择了在"翻译之家"冷清的第四层办公，在那里她只用和语言搏斗，探究词汇间的差异。

"我显然是要进城。"她答道。

"我也是。"女孩心安理得地说。

"那我正巧可以捎上你，"她讽刺地说，"用杂物柜里的纸巾擦擦身上吧，你都湿透了。"她向女孩提议。

"你是觉得我会感冒吗？"女孩马上问，好像对这个话

　　　　　　　　　　　　　　　　　错　爱

题特别感兴趣。

"如果不会的话可真是奇迹，"她说，"柜子里也有药，拿一片出来含着吧。"她命令道。

女孩拉开柜子，但并没有在找药。她的注意力转移到了柜里的其他东西上。

"你有什么东西可以来点吗？"女孩问。

她花了两分钟才明白女孩的意思。

"如果你说的是兴奋剂、摇头丸什么的，那可没有。"她说。

女孩看起来相当扫兴。真是有一套：她在车流稀疏的郊区小道边搭上了浑身湿透的女孩，任她弄湿她的车，还很有可能会把感冒传给自己……而她现在居然还很扫兴，就因为车上没有那该死的兴奋剂可以给她吸，管她是吸到鼻子里，吸到屁眼里，还是吸到哪里。

最后女孩只找到了一盘 CD。她把它举到与双眼平齐，有些怀疑地仔细看了看："《李诗特第一钢琴协奏曲》，"她读了出来，"你喜欢李诗特吗？"[1]

"是的。"她回答。

---

1. 指匈牙利著名作曲家、钢琴家弗朗茨·李斯特（Franz Liszt），此处原文为 Litz，因 -szt 三个辅音的结合在西语中难以发音，或许是作者故意写错以描述女孩的错误读音，故译文有此处理。

"我也喜欢。但我现在想听更动感一点的。你没有说唱什么的碟片吗？"

"没有，"她说，"我不听。"（为什么她感觉到生气？什么东西在不时激怒她？）

女孩翻了翻上衣口袋。

"我平时总带着MP3的，"女孩说，"可能忘在哪里了，或者掉在路边了。"

女孩开始用纸巾擦脸。她的脸很瘦，人也又瘦又高，长头发。高高瘦瘦的身体非常敏捷，但又好像动弹几下就会破碎。

"我倒挺走运，"女孩坦言，"本来有可能整个该死的晚上就这么待在路边，没有人来找。"

"你本来可以给谁打个电话的。"她说。

"我不觉得。你知道吗？我没话费了。也许不是手机泡水然后坏掉了，是我用的电话卡，卡里没钱了。"

"你就那么一个人站在夜里，挑了今年雨下得最大的一天，手机没余额，也不带雨伞，甚至连件像样的外套都没有？"

女孩笑了。

"你像我妈妈一样。"女孩说。

"我的年纪足够当你妈妈了。"她语气中带着刺。她想和女孩保持一些距离。

"我和男朋友去听音乐会了，我们中途吵了一架，我就走了，"女孩说，"我不知道我走到哪里来了，突然开始下雨，我指望着可能会有哪个该死的司机能停下来，但我向你发誓，整整半小时，一辆车的影子都没有。"

她可不相信这地方会办音乐会。

"那你男朋友呢？"她问。

"我怎么知道？估计在哪儿的路边喝醉了吧，或者去找其他女人了。你别以为他是冷酷无情的人，他不是的，我不会容许他这样，但每次他一抽大麻，就会变得野蛮，我们就会吵架。我这辈子再也不想见到他了。"

她看起来被说服了，尽管在她的年龄，被说服的时间往往只能持续很短。

"你呢，为什么在这时候开车上路？雨这么大。"这次轮到女孩发问。

"我在'翻译之家'工作。"她只回答了这几个字。

女孩看向前方。她觉得女孩不可能看见什么东西。一切都被笼罩在雨水和黑暗之中。

女孩看起来在思索。

"这名字挺不错，"女孩说，"'翻译之家'，你家住那里吗？"

她抖了个机灵："嗯，我想只有词语们会住在那里。"

"狗娘养的词语，"女孩笑了，说，"连婊子们都有家住，我却没有……你知道我也算半个诗人吗？"

这倒并不稀奇，所有的年轻人都觉得自己是创作型歌手或天才诗人。如今他们在脸书和博客上写些连篇蠢话，对词语的拼写错误百出。

"那剩下的一半是什么？"她问。

女孩大笑起来。

"你还真机灵啊，姐们儿，"女孩用和同龄人说话的语气说，"剩下的一半不喜欢那一半写的东西，也不喜欢别人写的东西；不喜欢世界的模样，不喜欢事物的样子，但她不会跟任何人说起这些事。"女孩说。

"我很欣赏你的自信。"她说。

"你这姐们儿真有点一丝不苟，"女孩说，"我觉得这像是你能说出的最好听的赞美的话。你都翻译什么语言？"女孩问。

"英语和法语。"她答。

"我上学那会儿外语也学得不错。"女孩说。

"你现在不上学了？"

"对，我辍学了。"女孩说。

她觉得还是不要继续聊这个话题为好。女孩的表情变得不太友好。

"我今晚能住你家吗？"女孩突然问。

这个突如其来的问题吓得她猛打了一把方向盘。

"你为什么想住我家？"她问。

"倒不是我想，"女孩说，"我不知道还能去哪儿，也没有住旅店的钱。明天我会找个电话亭给我几个姐们儿打电话的。应该会有人愿意留我住的。"

"你可以用我的手机给她们打电话，"她说，"或者给哥们儿打也行啊，我看都一样。"

女孩犹豫了。

"她们不会接的。"女孩说。

"不是好姐们儿吗？"她不太相信地问。

"你觉得她们会接一个陌生号码打来的电话吗？一般来说这种都是乱七八糟的广告推销，然后还会盗用你的号码，去做莫名其妙的事……"

"进城后我给你点钱，你去找电话亭吧。"她说。

"好吧，"女孩说，"我知道你不想让我在你家过夜。你不认识我，你觉得我不像正经人。你觉得我会偷走你家挂的画，偷走你的内裤或者你冰箱里的牛奶碗。"

"不是这样的，"她解释道，"我今晚在家里约了人。"

"你有男朋友吗？"女孩问。

"今晚正等他呢。"她答。

"如果是这样的话，我就不打扰了。你家没有别的房间了吗？"

"听着，"她说，"我们十五天没见面了，会很亲密，我想拥有一点隐私，你明白吗？"

女孩点点头作为回答。

她在沉默中开着车。现在她有点后悔让女孩上车了，不过如果她没让她上车，或许会更后悔。她打开了暖风，女孩的衣服正慢慢变干。前方什么也没有，后面也一样。只有黑暗和雨水。

"别觉得是在针对你。"她说。

"我知道，"女孩说，"只是我刚和那个蠢货吵了一架，再也不想见到他了。你这儿没有那种事后吃的小药片吗？"

真是够了，她想："现在她要告诉我说她刚刚在没有用安全套的情况下打了一炮，害怕自己会怀孕。"

"我没有，"她说，"你做爱都不采取保护措施吗？"

好吧，女孩想，又是一个老古板。又是一个"要做爱，不要战争"年代的人。历史已经证明，做爱与战争也会同时发生，甚至不止于此：战争大大刺激了做爱，刺激人同失败者一方的女人做爱，因为她们被征服了；刺激人同胜利者一方的女人做爱，因为她们是胜利者。简直像小区足球队队员一样，输了要做爱，因为输了；赢了也要做爱，因为赢了。

"安全套有时候也会坏掉。"女孩说。

经典的借口。如果坏掉的安全套真像小年轻们说的那么多，安全套厂家应该早就破产了。

"你用的坏了？"她担心地问。真有一套：搭上了一个浑身湿透的小青年，她就快感冒了，很可能还怀孕了。她妈妈说得有道理，活着就不能对别人太慷慨。死了或许也不能。

"这次没有，"她说，"我们还没到做爱那一步。不是跟你说吵架了吗？"

"我觉得有时候这两件事可以同时发生。"

女孩惊讶于她的回答。如果说世上有什么事会让她不想做爱，那就只能是一场争吵了，无论事前还是事后。这个女人真是古板。

"我只是问你有没有避孕药，因为如果我今晚只好流落街头的话，我或许会随便投靠一个男人，住到他家去。"女孩说。

她在敲诈她。

她的手机响了。她用车载音响放出声音，继续开车。

"亲爱的，你怎么样？"罗贝托问。

还在小路上，一片漆黑，暴雨倾盆，身边坐着一个流浪的女孩——她很想这么说，但她宁愿过后再告诉他这些乱七八糟的事。

"还在路上呢。雨太大了。你呢？"

"我这儿堵车了，"罗贝托在电话里大喊，"我手机快要没电了。我觉得我还得三四个小时才能下高速。前面好像出了连环事故之类的。直升机都出动了，但这种天气里什么也看不见。有人员伤亡，但别担心，我没事。我现在只想回家，冲个热水澡，喝口汤然后睡觉。真的太对不起了。我们明天晚上再见吧？"

她又能怎么办呢？开着飞机过去找他吗？

"好吧，你到家之后打电话告诉我，"她说，"虽然我可能已经睡了。"

"好的。"他说，随后挂断了电话。

现在没有借口能不让女孩留宿了。

"现在你可以住我家了，住另一个房间，但不能放音乐、跳舞、吸毒品什么的。"

"我不去了。"女孩令人诧异地答道。

"你说什么？"她高声道。

车子开进一处水洼，颠簸了一下。还好她上个月去检查过减震器。

"我说我不去了。"女孩说。

"随便你吧,"她说,"刚才可是你求着要去的。"

"你好像把我看成是一只野兽,"她说,"你觉得我会大声放音乐,一个人跳舞,或者在你漂亮的地毯上吸粉。我绝对不会做这些事的,虽然你可能不信。我是很敏感的人,也受过教育。"

她觉得女孩像要哭,可能是后视镜被水汽打湿了。她伤害了她。现在她应该向她道歉吗?

"我们别把事情搞得太复杂了,"她有些烦躁地提议道,"你跟我回家,冲个热水澡,我们一起吃点东西,然后一觉睡到天亮。我们都需要这样。我们现在有点紧张。"

"我很紧张。"女孩坦白说。

"我也是。"她说。

"你看起来一点也不紧张。很平静。"

"只是外表如此,"她否认道,"只是看起来而已。"

"你多大了?"女孩问。

"三十八岁,"她说,"你呢?"

"二十岁。"女孩说。

"我觉得你多说了几岁。"她说。

女孩轻轻笑了笑。

"这招只对男孩们有效,"女孩说,"女人总能看出我是不是在撒谎。"

"你经常撒谎吗？"

女孩耸耸肩。

"我撒谎都是为了保护自己。"女孩说。

"保护自己？"她问。

"信息就是力量。你读过麦克卢汉吗？是你们那个年代的思想家。"女孩对她说。

"你觉得我们那个年代是哪个年代？"她有些不悦地问。

"有福柯、罗兰·巴特、德里达什么的吧。"

"你之前说你没在上学了。"

"但我读过这些人的东西。有点深奥，但我确实读过，我喜欢读书，虽然我不太能读懂。他们讲得太复杂了，你不觉得吗？我是说，他们总是喜欢绕圈子，难道是因为他们是法国人吗？"

"我觉得是因为这个。"她笑了。

"法国电影也一样，"女孩说，"根本什么也没发生。节奏超级慢。里面的人走路慢慢悠悠的，根本不张嘴，一句话也不说，眼神里也没传递什么讯息……他们莫非觉得这样就是深刻？"

"那你觉得什么才是深刻？"她问。

女孩报以沉默，并试图看向前方，但那里依然是一片黑暗。

她看向女孩的眼睛。女孩突然也看向她，眼神里充满无辜与坦率。她把一只手放在女人握着方向盘的手上，轻轻按了按。虽然周遭潮湿又阴冷，但女孩的手很热。

"这就是深刻。"女孩死死盯着她，说。

她一下乱了方寸，心中惶惑不安，不知道该做什么，也不知道该说什么。

女孩更用力地按了按她握着方向盘的手，在她一侧脸颊上留下一个火热的吻。

"夜晚。雨。你的声音。雨滴的声音。我们没听到的音乐。风。轮胎轧过路面的声音。彩虹一样的节节栅栏。我湿润的皮肤。玛丽安·菲斯福尔[1]唱着《孤独》。你那与我不同的回忆。三十八年的回忆。而我只有二十年，不，我撒谎了，是十九年。'在我的孤独中你向我伸出手'，之前在酒吧，在那个满是愚蠢的女人和喝醉的男人的破房间里，玛丽安·菲斯福尔就这么唱着。你明白吗？而他却好像什么也没感觉到，好像玛丽安根本没有为了要让他听见她的歌声而活上那么多年。玛丽安比你还要大上很多……

---

1. Marianne Faithfull（1946— ）英国女歌手、演员。小说西语原文中提及的歌词与《孤独》（*Solitude*）的原英文歌词略有出入，此处照西语译出。

你知道，时光飞逝啊。我也知道的，虽然我只有十九岁。有的夜晚就是这样。这就是深刻。或者说是激烈，"女孩说，"我扔下他走了。他太蠢了，我抛下了他。他不知道玛丽安·菲斯福尔是在为他歌唱，是在为我歌唱，他不知道她已经被烟雾、被痛苦、被孤独折磨到半是窒息了。我觉得这就是深刻。"女孩说完，又吻了她一次。

她突然感觉到一丝灼热与一丝愉悦。灼热与愉悦。灼热来自大脑，但也可能传递到了其他部位：肝、心脏、胆囊……愉悦则来自潮湿的夜、雨水和女孩的吻。我母亲总和我说永远不要搭便车，我母亲则跟我说永远不要让一个流浪的女孩搭车……多么漂亮的词，亲爱的，你听啊：在世上流浪，流浪在世上。你是翻译对吧？你也翻译诗歌吗？不，诗歌无法被翻译。为什么不能。玛丽安·菲斯福尔说"孤独使人悲伤"，但今夜我们都不孤独，我向你保证，你也要向我保证，我们会永远在一起。

　　　　　　　　　　　　　　错　爱

《不要离开我》

Ne me quitte pas

"我记不起来她长什么样，"那个男人痛苦地说，"我想不起来她的脸，想不起来她的身体，想不起来她的声音。我曾经那么喜欢她的声音。我脑子里记得自己很喜欢她的声音这一点，但完全想不起来那声音。您明白吗？人怎么能迷恋上一个自己记不起来长什么样的人呢？我们才分开了六个月而已。"（心理医生在便笺本上简要记了几笔，而那个记不住东西的男人完全没有察觉到。七十年代的著名心理分析学家伊戈尔·卡鲁索曾写过一篇令人心碎的精彩文章，探讨情人分手后的心理，他发现，人们在分别后往往记不起来所爱之人的样貌。）

　　"每当我想回忆她的时候，我都只有看照片。"病人继续说。或许应该称呼"客户"？为什么不说"客户"呢？所谓客户，是想到心理医生这里来购买些什么？购买时间。购买注意。自我克制。购买倾听。购买一只宽容而有同情心的、像无私的母亲般倾听自己的耳朵。如今这样的母亲越来越少，而且她们也同样需要被人倾听，被自己孩子之外的人倾听。

"您经常看她的照片吗？"医生带着显而易见的冷漠问道。

"我拍了上百张她的照片，有站着的，有躺着的，有时在床的这头，有时在床的那一头，还有笑着的、裸着身子的、穿着衣服的、在大街上的、在浴缸里的、正在抚摸一个小孩或一只猫的；我拍过她的乳房，她的阴部，她的腋下，她的脖子，她的后颈和她的大腿，"客户仿佛从痛苦中得到了解脱，顿时神采奕奕地答道，"这些照片是我的财富，是我的私人博物馆。"

"人们现在随时随地都能用手机拍照，您研究过这一现象带给世界的变化吗？"医生问。

医生想到了哈维尔。哈维尔会在哪里？他只有十七岁，还在上中学，但他讨厌上学，他想让医生教他，这不仅比上学更有趣，也能让医生心生一股优越感。十七岁：极不适合学习的年龄。事实上，十七岁除了适合做爱，什么也不适合。睾酮水平处于巅峰，体内喧闹的荷尔蒙仿佛要沸腾，美妙的身体流过汗，显得更加红润——他是多么爱哈维尔的身体啊——在绿草地上和另一具闪闪发光的、流着汗的身体缠在一起。汗水，少年的汗水滋养了这片草地，十七八年来少年一直被迫学习如何用邪恶的权威文化压迫自己的天性；而医生——四十三岁——深爱着那比自己更年轻、更完美、更漂亮的身体，仿佛人只能爱上自己失却的东西一样。因此他永远不会抛弃哈维尔，会一直记住他，而不会像他的客户一样，离开了自己爱着的女人，却记不住她的样子。

"她有过一些怨言，说我拍得太多了，而且在哪儿都拍，在街上，在床上，在餐厅里，在洗澡的时候，在换衣服的时候……"

"您为什么要给她拍那么多照片？"医生问。

他的客户现在正努力思索，试图分析自己曾经的这一行为。

"我想留住她，不让她溜走……一切都在从我们手中无可挽回地溜走，不是吗？我觉得拍下这些照片就像是在做预言一样，是那些害怕发生的事即将发生的征兆。您或许也有过想要留住的稍纵即逝的东西的念头吧？"男人问医生。

他的习惯是不回答客户提出的问题。这是一种保持权威的方式。他顶多会再提出一个新问题。

"您这样想过吗？"

"就好比明知某天将会发生什么事，同时却又害怕它会发生。"

"不过，"医生指出，"是您抛弃了她。"

伊戈尔·卡鲁索还发现，主动遗弃自己深爱的伴侣的人往往会感到自己才是被遗弃的那个。他们遗弃对方，有时是因为害怕自己会被对方遗弃，或者预感到自己将被抛弃，又或者只是厌倦了终日提心吊胆。

哈维尔对他说："我永远、永远不会抛弃你的。"语气中流露着只在这个年纪才会有的确信。他带着不被少年察觉到的悲伤笑了笑，回答："你好好上学，我们将来再说。"有一瞬间，他想象了一下自己扮演不惹人喜欢的父亲角色，这会让哈维尔觉得不自在，但年龄上的巨大差异或许注定会带来此种结果。少年当然有自己的父亲，不需要另一个父亲。他曾经还很渴望向自己的父亲坦白："我爱上了一个四十三岁的心理医生，他有点秃头，但很聪明，很有教养，我每天都和他上床。"每天三次，这个年纪的孩子们都是如此。躁动的荷尔蒙分泌旺盛，倘若闭上双眼，血液里循环的荷尔蒙简直就像一座火山，亟待喷发。但他们却被关进像动物园一样的学校，所以当然会毛手毛脚，坐立不安，对着老师吐痰。什么数学、历史……根本不会让他们感兴趣，他们一心想着满足身体的热烈欲望，这是另一种智慧，狮群和虎群里的智慧。医生的身体已经不太能跟上少年的性事节奏了，但他不想过早缴械投降，正如兽群之首不愿意将权力与地位交给年轻雄性。他会继续斗争一段时间。哈维尔怎么还没打电话来，他在哪里？他不明白为什么哈维尔会对同龄少年感到厌倦，对另外的十七八岁的身体感到厌倦。"他们只聊足球、女孩子、啤酒和音乐。"哈维尔曾充满鄙夷地对他说。他和医生则会聊其他的话题，做另外的事。他们会带着极端的贪婪与渴求饱览黑白老电影。哈维尔什么都想知道，却也不是为了满足自己的求知欲：他更想让医生告诉他一切：谁是詹姆斯·史都华，罗伯托·罗西里尼[1]拍了几部电影，为什么西班牙曾驱逐犹太人，蜻蜓如何繁殖（雄性蜻蜓的性器官比整个身体还要长，可以从雌性体内吸出其他雄性留下的精子，并尽可能长时间地抓附在雌性身上，防止其他雄性蜻蜓前来，有时会待好几个小时），艾拉·菲茨杰拉德[2]的音域有多广，"二战"的"D日"是哪一天，切·格瓦拉如何遇害，为什么凯斯·贾瑞特[3]的科隆音乐会要叫这个名

---

1. Roberto Rosellini（1906—1977），意大利著名导演，意大利新现实主义代表人物。
2. Ella Fitzgerald（1917—1996），美国著名爵士乐歌手。
3. Keith Jarrett（1945— ），美国爵士乐作曲家，会演奏钢琴、萨克斯。

字，是因为科隆市还是因为某位部长叫科隆。他们还会一起读波德莱尔和兰波，一起看《卡萨布兰卡》《吉尔达》和《猎人之夜》。哈维尔如饥似渴地快速接受着一切新信息，而医生带着同样的热情与渴求，希望能将少年留在自己身边，虽然他明白终有一天自己会失去他，正如眼前这位客户早已明白——早已预料到——有一天自己会失去心爱的女人。

"她要我归还那些照片，"客户说，"但我是不会还的。绝无可能。是我拍了它们，那是我的照片。拍照的时候她还很开心来着。"

"一直都很开心吗？"医生问。

"也不是，有时她也会抗议一下，但却是开玩笑地抗议。是一种调情手段。"

"您拍照是因为预感到未来有一天会同她分开吗？"医生继续问。

"我想以某种方式抓住她，留下她。我觉得拍照是对抗我们短暂生命的一种手段。她之所以想拿回那些照片，就是因为她明白了，或者预感到了，那些照片记录着她生命中已经不再属于她自己的某一部分。"

"那么属于谁呢？"医生问道。有时他采用苏格拉底式疗法，启发式治疗。这样更符合辩证法。

"属于死亡。"客户用不带情感的声音断言道。他一定早就经历了这一确证式发现带给他的痛苦，或许在按下快门的时候就已经感受到了。让我们忘掉痛苦吧，别全忘，但忘掉大部分吧。如果一直记得痛苦，我们就活不下去了。

"您看照片的频率很高吗？"医生问。

哈维尔为什么不打电话来呢？他们定好了一种沟通暗号，以在医生上班的时候保持联系：哈维尔给医生打电话，他不接，这样就知道他已经等在家里了。他或许会读会儿书，看几部老电影，或者做饭。哈维尔喜欢用自己做的菜带给他惊喜，虽然做的都是他不应该吃的高热量、高胆固醇的东西，但他总是满足地狼吞虎咽，以表达对这孩子的赞美。"我害怕会失去他。"医生自我剖析道。

"有时我会产生一种可怕的空虚感，"客户说，"空虚，您明白吗？这比痛苦更讨厌。痛苦能够占据很大的空间，几乎把整个神经系统都占满了，痛苦能吸收一切，很尖锐；但空虚是一种充满陌生感的奇怪感觉，像内心有一个空洞。每当我察觉到这个洞的存在，我就会去翻找那些照片。"

医生想到了某种博物馆。他为她建立了一整座博物馆，实际上这是唯一能让他自己不发疯的方式。一座爱情圣殿。好比古时候的女人们收集印着圣像的邮票、绣花桌布碎块或者给自己的儿孙接生时用来剪断脐带的小剪刀。

"每次我看到照片，就能恢复一些。您别问我具体恢复了什么，但我确实能感觉到自己又一次变得完整了一些。"

"您只是看着照片吗？"医生问。他想象哈维尔在健身房里，穿着相当干净的白色小短裤，熨得很平整（他有一点强迫症，他的小情人，小强迫症患者），脚上穿的是白色运动鞋和白色袜子，他的腿则是金黄色的，强壮有力，线条分明，彻彻底底地刮过腿毛。和大多数同龄人一样，他喜欢保持身体的完美，不能容忍皮肤有一点瑕疵。而医生胸部和肚脐附近的部分皮肤则有些瘢痕，看起来相当令人不悦，他一直这样觉得，但从没想过要把它们都弄掉。

"我只是看着，是的，直到它们再次填满我自己。的确会有点痛苦，"病人说，"但是另一种类型的痛苦。在那之后，我就能短暂地记起我曾经的感受。我能记起她，记起我们。"

这个男人在抗拒遗忘，至少在有其他事可做之前一直抗拒着。他穿越过一片遍布各种往日场景的痛苦之地，如此巨大的恐惧让他感到虚无。

"遗忘是一种防御机制，"医生温和地向他解释，"如果我们一直记得，就没办法继续生活下去了。"

"可我不想防御我曾经爱过她的事实，"客户抗议道，"没错，我们是分开了，我们的关系很差，总是吵架。但我爱她。我觉得她也爱我。"

他还没准备好接受遗忘。但他刚才面对医生的话英勇地自卫，好像这已经是他全部的身家性命。

对哈维尔来说也是一样吗？不，他会好好教导哈维尔的。他会跟他说："当你离开我的时候，就马上忘了我吧。不要留下回忆，不要留下感情。不用怜悯我，也不用怜悯自己。你很快就会找到另一个你爱的男人的。或者女人。不要迷恋旧物，忘掉我们一起听的音乐，忘掉我们一起看的电影，忘掉我们一起去过的城市。忘掉沙发、床垫、夜灯。你不用害怕，也别觉得这会很痛苦，或者不公平。为了活下去，必须忘掉自己曾经的生活；为了继续爱，必须要忘记自己曾经爱过。"哈维尔也表示过异议，毕竟他还那么年轻。他对医生说："我永远、永远、永远不会抛弃你的。"医生带着痛苦的同情笑笑，说："等你厌倦我了，就会抛弃我的。"那我会伤心死、空虚死、忧郁死的，哈维尔这样想。爱一个比自己年轻得多的人真是孤独啊，但爱情这东西，何时才会变得不孤独呢？

"我知道，"病人说，"有一天我可能会以不同的眼光看待这些照片。我能从照片里重新认出她吗？或者我还是会像现在一样，不看照片就记不起来她的脸？您要知道，我之前也和其他女人分开过，有时在聚会上，在酒吧里，某个女人接近我，亲切地跟我打招呼，我便会自问：'我们上过床吗？'但她不一样啊，她是我这辈子唯一爱过的女人。您明白我的意思吗？我不仅仅想和她做爱，我想看着她穿衣服，听她洗澡时候的水声，和她一起去看电影，晚餐一起吃比萨，一起放声大笑，我想看着她变老。当她发现一条皱纹，她会万分恐惧，大声抗议着拒斥它，相反，我心中却涌出一股爱意。我爱那皱纹，我喜欢打量它。"医生觉得客户是在利用诊疗时间来回忆她。可能他没办法和朋友谈起她，现代生活总是节奏迅猛，不断变化，没有时间回忆任何事情。一切都被迅速消磨殆尽。眼前这个可怜的男人拼力试图避免遗忘，试图从死亡手中再抢回一天属于自己的生命，尽管他早已感受到了死亡的迫近。

医生听见手机响了。他长出一口气，放下心来。这表示哈维尔已经在家里了。哈维尔可能已经洗完了澡，把在健身房穿的衣服放进了洗衣机，深浅色分开，在一个槽里加上洗衣粉，另一个槽里放上柔顺剂——他非常细致，小强迫症患者——现在他应该正在研究某道菜的菜谱，或许又是难以下咽的高热量食物，但他总会带着浓烈的爱意吃下去。哈维尔爱他，愿意取悦他。他也爱哈维尔。做菜的时候，哈维尔会从医生收藏的爵士乐唱片中找出一张，饶有兴致地听，随后向医生抛出一连串问题：艾灵顿公爵是谁？米开朗基罗·安东尼奥尼拍了多少部电影？我们今年夏天能去圣玛格丽特岛吗？一九五一年世界杯冠军是哪支队伍？[1] 然后他会打开电脑玩一些小游戏。黄昏或黑夜的任何一个时刻起，哈维尔会开始吻他，吻他的嘴唇、耳后、后颈、脖子，他会轻舔医生的乳头，直到有些疲倦但兴奋异常的医生将他小心翼翼地推倒在足够长、足够宽的黑色皮沙发上。欲望越是强烈，医生反而越是小心。他会脱下哈维尔的灰色内裤（哈维尔收集了不同颜色的内裤，"为了每天换很多条。"他用无比天真的语气对医生说），开始轻轻吻他，丝毫不带暴力，但充满专注与柔情：吻他从后颈到尾骨那几乎察觉不出来的脱去汗毛后的痕迹，吻他第七和第八节脊椎骨之间的小缝隙，吻他圆润紧实的臀部，多么甜蜜的吻——丝毫不带暴力。或许也有暴力，只是被含蓄地克制了起来？他插入哈维尔的肛门，觉得自己在完成一项世界上最古老的行动，自创世之初便有的行动。早在史前时代，美洲野牛、大象、野鹿、长颈鹿、猩猩、恐龙和蝴蝶就已经能做出同样的行为。他开始发狂般地摇晃，大声喘息。年过四旬的男人向年轻男子展示自己

---

1. 原文如此。一九五一年并未举办世界杯。

的老练成熟，永不言败的兽群之首宁肯死去也不愿放弃权力，老男人爱并嫉妒着曾经失却的青春年华。（他从来不漂亮，从来没有吸引力，但如今，一个年轻、漂亮、有吸引力的男子躺下来任他摆布，像在虎群和狮群中那样。）

一切结束后，哈维尔会心满意足地在他肩头睡去，带着愉悦与安心。他年轻健壮，有一天哈维尔或许会毫无内疚地离开他。

看起来他好像必须告诉病人，别再继续看他爱的女人的照片了，有时我们注定迎来痛苦的结局。但每个人都是自身痛苦的唯一评判者，可能不看照片会带给他更可怕的空虚感。

"我下周再约您。"他为诊疗画上了句号。

客户离开后，他拨通了家里的电话。哈维尔接起了电话。

"我在做柠檬酱配牛排。"哈维尔欢快地告诉他。

他讨厌柠檬酱，但他不会告诉哈维尔的。

"你知道我从网上下载到了什么歌吗？今晚听的。"他总是藏不住新鲜事。

医生努力猜了，不过仍是徒劳：他太累了。这孩子知道他每天要工作七小时、专注于倾听别人的痛苦吗？劳神费力的整整七小时。

"告诉我吧，宝贝，我知道一定是个能让我心花怒放的惊喜。"

"是《不要离开我》，"哈维尔高兴地回答，"伊迪丝·琵雅芙的版本。"

不要离开我，不要离开我。来自另一个时代的胜利。医生想着。

一根该死的毛

Un maldito pelo

现在那根毛卡在了他的下颚处，上不去又下不来，他既没办法把它弄到嗓子里，也无法把它挪到嘴里，因为他的舌头正吸吮着衔食着舔舐着克劳迪娅的阴蒂，她在挪威进口的床垫上呻吟着，含糊地喊着一些在他听来完全一致的词：就这样，就这样，就这样，就这样，就这样……现在可不是停下来的时候，舌头的扭动摇摆挤压让她小小的粉红色阴蒂（出于经验，他了解世上的阴蒂形态殊异，敏感度亦有差别，克劳迪娅的看起来便是其中尤其小的一个，隐藏在身体深处，仿佛是为了更快地迎来高潮）不时抬起，真他妈的见鬼了，为什么这根毛现在往喉咙里去了，怎么办呢，如果不用舌头继续刺激阴蒂，克劳迪娅一定会生气的，会斥责他是自私的人（他之前已经在阴道里射过精了），她一旦骂起人来可轻易没个完，尤其是骂一个自私的男人，现在那根毛又卡住了，他觉得或许可以稍稍停下一会儿，轻咳一下，不要让克劳迪娅分心即可，她正闭着眼睛，头冲着天花板，像正在祷告，又像正在分娩，像一个正付出极大努力要拿到什么东西的女人：拿到宝矿，拿到珍珠，拿到那必须剥开表皮、努力从深处取出的藏匿起来的财宝，为什么有些女人总是在做爱的时候摆出一副受罪的表情呢，好吧，他倒也没有在镜子里观察过自己射精时候的脸，但他肯定不会像是在受罪一样，他的表情或许是正在努力，或许很紧张，不过随后就可以休息了，肌肉可以放松，疲倦的身体会变得轻飘飘的，让人产生睡意，但他是有教养的人，不会这样做，免得克劳迪娅又训斥他，说他打完炮倒头就睡，"和所有的男人一样"，上帝啊，自然啊，为什么你要把一切弄得这么困难这么复杂呢，明明很简单嘛，看到有个洞，试试插进去就好了，但那个洞为什么不放在更容易进到的地方呢，比如放在手肘，一个长在手肘处的阴道多么方便，可以任意摆弄。他有时觉得，人类的身体并非像科学家们鼓吹的那样是一台完美的机器，身体的其他部位都没地方了，导致阴道和肛门之间相隔过近，这是为了迷惑爱人还是为了便于性交快速进行？性交总是带有支配的意味，女人极力避免这一点，但迫于压力，她们往往还是会不情愿地处在被支配的位置。尿道和阴茎的关系也一样，就没有其他部位可以将它们分开安放吗？把所有东西都放在一起让人觉得像是个不成熟的决定，六天果然还是不足以创造一切，上帝或者自然最终决定把某些事情混在一起，以便男人想要插入女人时无须跨越过大的身体距离，阴茎能直接找到阴道——或者反之——男人尿尿时看起来像在射精，射精时看起来像在尿尿，女人则在隐私部位长满了将一切都遮蔽起来的茂盛毛发，克劳迪娅拒绝刮掉它们，她说这样更自然，他觉得也还不错，他很喜欢那软蓬蓬的感觉，喜欢那由海螺般弯曲的毛发构成的黑暗三角形，不过有时会有一根毛卡在他嘴里，就像现在一样，让他既咽不下去又弄不到嘴边，好把它拿出来。就这样，就这样，就这样——！克劳迪娅呻吟着，显然他绝对不能在这时候打断她，告诉她"我被一根该死的毛卡住了"，它卡在半道，就是没办法咽下去，他试图吸几口气，但阴蒂将他挡住，"你在搞什么？"克劳迪娅抗议道，他只得继续吮吸，哪怕自己快要窒息身亡了也只得继续吮吸，他立即想象出可能发生的画面：自己在克劳迪娅的双腿间窒息而死，因缺乏空气而呈现出青紫色，她的阴蒂和他的胸骨之间卡着一根毛，而当她注意到的时候则为时已晚，他已死去，正变得僵硬，而且克劳迪娅无法通知任何人，为了避免留下蛛丝马迹，他从来没把妻子的电话号码告诉过她，两人都同意这一点，

一根该死的毛

他们之间只有单纯的性、性、性，没有必要伤害任何人，他的妻子在工作结束之后总是累得不行，还有孩子和老人要照顾，但他作为男人总有一些需求，显然克劳迪娅也是如此，她一定也结婚了，所以如果发现有人在舔着自己的阴部的时候因窒息而身亡，她一定不知如何是好，他们从没谈论过类似的事，没有必要，如果我在这个午后，在这个租来的房间里相约偷情时窒息而死，我将永远不能问出她究竟做什么工作，她也不会知道我究竟是干什么的，女人倒是不会在做爱的时候因窒息而死，但男人确实会，最近他还读了一篇统计文章，里面说偷情的男人比一般男人更容易患上心肌梗死，因为他们总想时刻掌控一切，还总提心吊胆怕被发现，但当克劳迪娅发现他因为一根上不去下不来的阴毛而死掉的时候，一切都太晚了，别再用腿夹住我了，你这匹野性的母马，为什么这个女人始终还没到达阴蒂高潮呢，她就喜欢这样。克劳迪娅曾经跟他说实际上这是大多数女人唯一喜欢的事，但他并没有相信，不过现在他几乎快相信了，她叫得那么厉害，整个臀部都在抖动，仿佛抖动来自大地，整片大地都在震颤、摇晃，一片原始的土地将其呻吟、喘息、矿物和根茎都抛向空中，就让一切都结束吧，那根该死的毛依然在嘴里负隅顽抗，给我进去，他命令道，下到喉咙里去，要么就给我出来，到

　　　　　　　　　　　　　错 爱

嘴边来，把路给我让开，就在这时克劳迪娅说"来了，来了，来了"，这是让他的舌头继续加速的指令，让他的舌头更用力更迅速地发动攻势，像风车叶片一样，他真的觉得自己马上就要窒息了，他想咳嗽但做不到，他不能剥夺她此刻的欢愉，她唯一拥有的东西，他注意到自己在冒汗，前额在冒汗，她一定以为这是出于激动，不是的，他出汗是因为觉得自己快要喘不过气了，但她还叫喊着"来了，来了，来了，不要离开我，不要离开我，不要离开我"，于是他用牙齿咬了她，死死咬在阴蒂上，她大叫起来，那尖锐的叫声显然不是出自愉悦，随后她迅速将他的头推离自己的两腿之间。她的嘴角还淌着一线唾液。她的头仍然转向后方，而他终于可以停下吮吸了。那根毛还卡在那儿，但他终于可以张开嘴大口呼吸了，还趁她抬头望着天花板的时候把两根手指伸进了嘴里。他摸到了那根一直卡着的该死的毛，把它拽了出来。它就像一个从未惹是生非的人一样卡在那里，几乎一脸无辜与天真。"我恨你，该死的臭毛。"他一边从嘴里拽出它，一边想。

"你是个野人，是个禽兽。"克劳迪娅低下头，看着他的额头说。

"你弄疼我了，阴蒂都要被扯掉了。"她又说。

他开始穿衣服。

一根该死的毛

"对不起，"他说，"我一时太激动了。"

她疑惑地看着他。他们对彼此了解不深，她不知道他是否有足够的幽默感。

"真没听说过，"她也一边穿衣服一边说，"你们男人总把暴力叫作激动。"

"我知道是我不好，"他说，"我下次一定更小心。"

"什么下次？"她挖苦地问。

"下次我快窒息的时候，你记得叫救护车。"他抛出一句谜语一般的话。

"你喜欢玩医生的角色扮演？"她不解地问。

"我不知道，"他说，"我突然发现我们不认识彼此。"

"没那个必要。"克劳迪娅回答。她已经穿好了衣服。

外面，这座雨水稀少的城市正迎来降雨。

如果他们不是在偷情的话，他或许会邀请她喝一杯咖啡，并陪她回家。

他去厕所马桶里吐了吐痰，有一点血丝。与那根毛的搏斗把他的牙龈弄伤了。

"我先走。"克劳迪娅说。

没有什么不方便的。他可以在房间里多等一会儿。

"下周四？"他问，试图定下再见面的日子。

"不了，亲爱的，"她说，"我还想好好保留着我的阴

　　　　　　　　　　　　　　　错　爱

蒂呢，不想被一个激动的男人弄坏。"

克劳迪娅走后，他开始刷牙。

盥洗台的白色水槽里，一根微微鬈曲的黑色阴毛漂浮着，像水中的一只鱼。

洛塔等级表

La escala Lota

女孩跪在地上，两只手也撑着地，脸稍稍抬起，侧向窗户的位置，双腿微微分开，白净、粉嫩、无毛的屁股冲着站在后面的她。女孩赤身裸体——女孩脱掉衣服的时候非常匆忙，或许是觉得这样才能展露出自己的激情，但在她看来毫无必要——双手手掌稳稳地撑在卧室的木地板上，一言不发。她想到了母大猩猩，母倭黑猩猩，母黑猩猩，一切雌性的灵长类生物。她们总是订下不言而喻的契约，以性换取食物。这就是所谓的交换，一切文明都以此为基础，种群也因此得到延续。雌性得到了香蕉或一小块肉来填饱肚子，雄性则获得了在阴道中射精的机会——尽管通常只是几秒钟的事，而且他们总是心不在焉地看着别处。她试图想象女孩这样做是为了换得什么，但少女洁白紧致的、没有一根毛的、粉嫩干净的、没有一丝异味的臀部占据了她的视线，让她无比亢奋，也打断了她的思绪。

她很了解自己，也知道在这个世界上少有的几件能让人停止思考的事之一便是做爱。或者通俗地说，上床，不过她比较传统，四十六岁的她仍坚持保留着罗曼蒂克派头，它带给她许多快乐，也让她备受折磨，但她依然不准备抛弃它，那些口中只有"上床"的男男女女是不会懂得这种事的。她觉得自己已经有很长时间——像永恒那样漫长的时间——没有欣赏过这么洁净无毛粉嫩无味的臀部了。女孩身形修长，身材也很好。她个子很高，应该至少有一米七，她估计体重有七十公斤，不算很瘦，但也不胖，不过腰腹间的几圈纹路和脖颈处几道早至的皱纹让她可以预见不久后将要发生的事：女孩的美貌，那岁月和青春结出的果实将在几年内（四年？五年？）倏然逝去，取而代之的是中年妇女苍白的大脸，小小的嘴（"这是自我极端膨胀的表现。"她想）和软软的大肚子——女学生们天天喝啤酒，吃比萨，还有其他各种垃圾食品，肚子变大是必然的。但眼下，她很美。乳房既不大也不小，线条出众，浅浅的乳晕闪烁着粉红色的光芒（她厌恶乳晕是深红色的女人），她的皮肤也几乎是无味的。女孩身体的洁净感让她惊异，看起来女孩几乎不分泌任何东西。这个年龄——女孩不可能超过十八岁——正值荷尔蒙的巅峰期，身体的充盈正爆发般带来丰富的体液、汗水、体味、体香，以吸引睾酮水平达到顶点的同龄男性。城市以其烟雾和蜂巢般的建筑物搭起一整片丛林，动物们在其中打扮自我、寻求交欢、彼此吸引、实现交配，为了确保种族延续，他们疯狂地聚居于此。人类不像大熊猫或猩猩，这两种动物是如此孤独，如此不在意性事，它们也因此很难有机会存活下来，每个个体彼此远离，迷失在丛林中。

　　但女孩真的没有味道。皮肤没有味道，呼气也没有味道——在女孩脱得赤裸之前，她吻过她——腋窝没有味道、性器没有味道，屁股也没有味道。这绝不是因为用了超强力的肥皂或特别有效的除味剂，而是可能因为女孩的雌激素分泌水平较低，匮乏的荷尔蒙正在缓慢地发挥其作用。无论如何，她喜欢女孩无味这一点。这对于四十六岁的她来说是全新的发现。她此前的伴侣或者情人——也都是女性——总会有味道，分辨每种味道也成了一种情色游戏：记住每个人的味道，记住每片阴蒂、每个腋窝、每张嘴、每块皮肤的味道。女孩的屁股就这样出乎意料地对着她，一个粉嫩无毛、无疑属于处女的屁股（真是天方夜谭，她想，这女孩脱衣服这么麻利，又这么轻车熟路地趴跪在地上，一定早已失去童贞了）。她从后面靠近女孩，把自己的身体贴在女孩金黄色的后背上，握住了女孩的双乳。女孩背上生着几颗雀斑、几点痣，它们也一样是纯净无味的，乳房则像树枝一样自然垂落。她揉握女孩乳房的力度一开始很温柔，不过她发现女孩对此并不敏感，显然只有更强的刺激才能让女孩有所反应。这是理所当然的事：每个人的敏感度都不同，所以第一次时有必要将其弄清楚。她给敏感度做了区分，称之为洛塔等级表——洛塔是伊丽莎白·毕肖普[1]那位巴西女情人的名字，是洛塔让她度过了多年的幸福时光。若以洛塔等级表一到十的量度来评判，女孩大约需要第七级或第八级的强刺激才能兴奋起来。她更用力地挤压女孩垂下的乳房，终于使女孩发出了一声短暂而微弱的呻吟，不会有任何人为此感到烦扰——尤其是邻居，况且他们在这时候（早上十点，一个自由得到容许的时刻：一个像她一样在大学里教书的女老师和一个像女孩一样可以无视任何轻微的后果而随意翘课的女学生都应被允许得到自由）应该也在上班，不会在家——揉搓完乳房，她用力地吻向女孩的后颈，女孩的身体一阵颤动。她继续轻咬并亲吻女孩的后颈、耳朵、耳垂，正如雄性灵长类动物会对雌性做的一样，不过她此刻获得的快感更甚，持续的时间也更甚。灵长目动物总是几

---

1. Elizabeth Bishop（1911—1979），二十世纪美国最有影响力的诗人之一。毕肖普 1951 年抵达巴西桑托斯，与建筑设计师玛利亚·卡洛塔（即"洛塔"）同居。1967 年，洛塔自杀身亡，毕肖普返回美国。

错　爱

秒钟就完事了，或许异性恋的男女们也一样，因此她更愿意做一个同性恋——可以不受任何生理学或身体结构对欢爱时间的束缚与制约。女孩的脊背也轻微摇晃了一下，并挪了挪双腿，将臀部翘得更高了些，正对着她的脸。再确切一点说，是正对着她的鼻子，仿佛正在要求她插入自己。她将一根手指伸向那粉嫩、洁净、无瑕的洞穴外侧，感受到里面已然湿润。她依然穿着衣服，白色衬衫，黑丝绸裤子，是她自己很喜欢的混搭风格，女孩似乎也并不介意她仍穿着衣服。她换成右手的两根手指抚摸，用左手继续揉压女孩的一边乳房，几乎让它缓慢转动。她很遗憾没能再多长一只手，用来拿那只她几年前在一家情趣用品店购买的假阴茎，其实买来就用过一次，因为她那时的伴侣——名叫艾尔薇拉——曾和一些男人有过不愉快的性体验，非常讨厌阴道插入，拒绝别人以任何方式接触该身体部位。和这个女孩不同，艾尔薇拉十分健壮，自带浓烈气味与旺盛分泌。或许这和皮肤色素沉着有关。白色皮肤的女人（如她自己）总是比深色皮肤的女人味道小，因此人们才把白色和洁净、纯粹、雪什么的关联在一起。相反，深色皮肤的女人们体味浓郁，欢爱时会纵情大喊，会在衣服上、座椅上、触碰到的一切东西上留下自己充足旺盛的分泌物，通过嗅觉就能跟踪她们，简直就像发情期的狗一样。

假阴茎被装在了某个抽屉里，在她此刻够不到的地方，不过她觉得没有它也没什么关系。她将一点口水吐到右手手心——那只没有去按压女孩乳房的手——开始在女孩的屁股上环行、游走、绕圈。女孩没有呻吟，只是微微颤抖着，她察觉到——通过另一只手——女孩的心跳也并没有加速多少。这孩子不过十八岁，她想，她的器官仍是如此健壮、如此年轻，几乎不可撼动。女孩湿润得恰到好处，她小心翼翼地将食指尖端插进女孩粉嫩的臀部，瞬间感到一股心旷神怡的欢愉。一个如此洁净温润的臀部。她谨慎地继续深入，不过渐渐觉察到自己太过小心了，导致女孩根本没有因此兴奋起来，不过她宁愿第一次就保持这种状态，以免出什么差错。野蛮粗鲁有可能会带来创伤，小心谨慎则随时可以转变为激情似火。她们没有交谈。这一点让她感到奇怪，她本是在床上很多话的人，这是头一次没有任何词语从她的唇间溜出，这让她自己都感到惊讶，兴致也因此减退了一点。她平时总是用词语和唾液将情人们淹没，她们也总说她依偎在耳边的喃喃细语会带来无穷刺激。她不会说任何淫秽下流的话，她十分厌恶它们，即便被人求着说，也不会说出一个字。不过她也记不清每次欢爱时她都说过些什么，因为她无意识的自我往往在爱欲驱使下思绪直上云霄，一串串地吐出圣经诗、拉丁文风格的句子、魔药配方、夸张修辞、无穷无尽的列举等等，仿佛语言化作音乐，包裹搅动她的全身。事后，无论是她还是她的情人们，都不会记得她说过什么，但总有些词语像仪式一样被留存下来，如同巫术一般，每次都能激发欲望："我需要你，自远古我便需要你""你的屁股是让我的船停驻的锚""在你体内，子宫之钟闪闪发光如明镜""美丽的绒毛青春的阴部G点呻吟着你的阴部湿润着你用双乳的眼睛看着我仿佛你的面容已经坍塌"[1]。她呢喃着，嘟囔着，像火山一样喷吐出隐喻，创造新的词汇、譬喻、乐章和祷词。

但这一次不同寻常。女孩和她一样一言不发，只是不时发出一声短促的呻吟，她觉得自己体会到了丰富与稀少之间的差别。她知道自己是一个丰富的爱人，并凭借自己的丰富与充盈吸引了众多情人；相反，女孩是隐秘的、节制的、畏怯的，一声轻微的喘息已经意义非凡，已经象征着胜利。稀少比丰富更有价值。她尝试性地趴在她耳边说："我喜欢你的身体。"不过这句话没有收到任何成效。

---

1. 西语中"美丽"（bello）与"绒毛"（vello）读音相同，"阴部"（pubis）与"青春的"（púber）押头韵，"G点"（Ge）与"呻吟"（gime）首字母相同。

她的食指开始缓慢地抽插，女孩的身体震颤着，仿佛在要求她更深入一些。她这样做了，同时呢喃着："我崇拜你的阴道。"女孩晃动得更厉害了一些。或许之前我弄错了，她想。毕竟是第一次，经常容易出错。她以为女孩一定已经和同龄或更年长的男孩有过欢爱，以为她早已经历过野蛮、愚蠢、兽性的一切。那些高傲冷漠的男人看过色情电影，找过妓女，所以在和这么大的女孩们做爱的时候总是无比残忍，不带任何温存与爱意。

她尝试再说些什么（"我喜欢沉默时的你"[1]：这倒没必要说，女孩已经如此安静了），不过女孩将脸转过来了一下，很不满意的样子，低声对她说："你说话的时候我没法集中注意力。"这让她更加惊讶了。居然说要集中注意力。为了什么？相爱难道不是最需要集中注意力的事吗？彼此的身体难道不正是所有注意力汇集的场所吗？活了四十七年，却依然能对事情感到意外，她想。从来没有人在床上跟她说过这样的话，恰恰相反，长期亲密关系中注意力的丧失才是问题的关键所在，人们往往为工作、房屋抵押、采购和探亲等生活琐事劳神费力，没有注意力再去爱了。

---

1. 智利诗人巴勃罗·聂鲁达的诗歌名句。

女孩需要集中注意力来做什么？她想。一定是说要聚焦于自己的感受吧。女孩必须精神高度集中，才能感受到兴奋。她将食指伸向更深处，开始有节奏地抽插，试图让女孩迅速感受到这节奏——一深两浅，一深两浅——看起来女孩对此反应不错，这显然还在她的承受范围之内。这时她看不见女孩的眼睛了，目光无法交会，不过她感觉到了曾经数次体验过的一种欲望：雄性插入者的权力与掌控欲。男女所承担的不同角色使得阴道插入这一行为天然地体现出这种欲望。"她是个乐意与女人性交的异性恋。"她在心里这样给女孩归了类，同时继续着插入动作，将大拇指也一同伸了进去，保持着女孩所能察觉到的摩擦节奏。问题不在于要插得多深，而是要让皱襞被刺激起来。她不再加大力度，而是加快了速度，女孩终于因欢乐或疼痛——或许两者本质一致——轻轻呻吟起来。无论如何，女孩是喜欢这样的，她做到了让女孩集中注意力。她也越来越欢喜于自己的动作，几乎无法抑止自己的性冲动，下体的湿润让她想到，自己的黑色丝绸裤一定已经能看见一块潮湿、发亮的黑色斑点了。一个湿润的圆。她难以自持，无法保持原来那舒缓的节奏，而是猛力一插，伸向女孩身体深处，直到刚才还在揉搓女孩胸部的左手缩了回来，拉开了自己那条优雅的丝绸裤的拉链，又一把扯下自己的黑色内裤，将自己宽大潮湿的性器紧紧贴在了女孩的臀部。女孩长长地喘息一声。她开始猛烈地攻击女孩，不再含情脉脉，而是将女孩遮蔽阴道、维持温度、混合分泌物的阴唇彻底打开，同时用力挤压女孩的腰部，逼迫女孩趴在了地上。女孩屈从了。她开始以更野蛮、更原始、更古老的方式从身后向女孩进攻，用自己完全湿润的阴唇紧贴女孩的私处。就在将要达到她想象中那被禁锢的高潮——足以引发洛塔等级表第九级强度的地震——的前一刻，她将女孩的身体翻转过来，好正视女孩的脸：女孩嘴边满是唾液，面颊潮红，嘴唇几乎肿大，脖颈上的蓝色筋脉有力地搏动着。女孩双眼紧闭。这不重要，她想，不管你是睁着眼还是闭着眼，我都能看见你的内部，看见你唯一想看见的东西，你自己的内里，多么自恋，她想，多么像那喀索斯，我不在意你并不睁眼看我，不在意你不去寻找我目光的镜子，也不在意你不用双眼向我献上你的高潮（不会超过一次的，她想，所以必须珍惜），我依然会占有你，像一只公山羊一样占有你，而不是像恋爱中的女人一样（不过这只山羊已经要开始爱上你了，她又震惊地想）。她将自己宽大的性器（的确很宽大、很慷慨、很敏感，五百余个神经末梢汇聚于此，硕大挺拔的阴蒂在兴奋时会不断颤动）覆盖在女孩私处之上，几乎将其包裹，如同深海里一只贝壳裹住一只章鱼。紧贴的阴唇使得她们动作合一，每当她上下晃动时，女孩也会顺带着做出同样频率的动作。"你要来了记得告诉我。"她对女孩说，女孩通红的脸（现在她可以清晰地看见女孩的脸了，现在她可以慢慢欣赏她混合了痛苦和深刻的哀愁的表情了，有些女人在欢乐到达极点时就是这样一副表情）上显出几道皱纹，嘴唇却已完全失去了血色（血都流向了性器）。女孩点头同意，点头的动作却很快和那一头漂亮红发——得益于优质的染发剂——高速上下摆动的动作融为一体。女孩的头一遍遍地上下摇晃着，她则用尽全力试图将女孩的性器闭锁进自己身体内，好彻底裹挟住她，迫使她和自己以同样的频率运动。"要来了。"女孩大喊，她对这一声叫喊早已等候多时，终于也能将自己一连串被禁锢的高潮尽数释放，于是用尽全力推动了最后一下。这才是像样的性交。在这一声"要来了"之后是一连串紧张的颤动，两三声乃至更多紧随其后的"要来了"——她数了，一共六声。两人接连经历了六次高潮。性是天生的印记，她想。一旦什么事跟性有关，即便是最文雅、最煞有介事的人也会变成原始骄傲、虚荣自负、喜好竞争的动物。六次可不是个小数字。当她终于离开女孩的身体，自己也躺在地下，两人看起来简直像两只平行的纺锤。她望着女孩问："来了六次？""我不记得了。"女孩嗫嚅道。她突然想起牛仔和他们左轮手枪的弹匣。死去的印第安人，弹匣。终于终结的高潮，弹匣。

女孩挪动修长的手臂，点燃了一根烟。她对这幅图景感到厌烦，因为她已经戒烟很久了。在她还没戒烟的时候，她总是会和伴侣一起分享这根事后烟，从来不会一个人抽。不过她什么话也没说。女孩吐出一大口烟雾。女孩真的很美，白皙、赤裸、身体舒展，两片嘴唇依然泛白，脸颊带着些许红润。"你真漂亮。"她说。女孩看向她，仿佛不知该如何理解这句话。"我这么说让你不自在吗？"她问。"你也很漂亮。"女孩回答。好吧，看样子对身体的赞美并不能使女孩高兴。同样也无法使她高兴。她是不是更应该赞美女孩的聪明才智？虽然床笫并非展现聪明才智的场所，不过如果仔细想想，欢爱之事中也包含着某种智慧，情欲与感官的智慧，在她看来这并不亚于某种精致、某种艺术。这智慧如此圣洁，堪比舒伯特的音乐、透纳画的遇难船、聂鲁达的诗歌或落在卢布林森林中的纯净的雪。她伸出胳膊，打开了音乐唱机。此时此刻，没有什么比在情人身边欣赏一支乐曲更美好的事了。唱机里有一盘 CD，施特劳斯的《死与净化》，由奇里·特·卡娜娃[1]演唱。她入神地听起来。对于欢爱之后的听众而言，连音乐都会变得不一样——声音层次会更稠密、音乐色彩会更丰富、听觉紧张度也被更好地调动起来。不只是音乐，四周的一切仿佛都在变化：墙壁的颜色、透进窗户的日光、家具的纹理……在欢爱之后，神经系统的高度紧张已然趋近了洛塔等级表第十级。她沉浸在乐声中，寻找着女孩的手，想握住它、爱抚它、亲吻它，不过她没有寻到。女孩已经敏捷地站起身来，正在寻找自己的贴身衣物，她真是又高又瘦。"你拿走了我的内衣吗？"女孩有些烦躁地问。她没有回答。她还不想回来，还不想回到现实世界。现实世界没有什么东西值得她回来。她想就这样一直待在出神的彼侧，聆听一个个忧郁哀伤的音符，像女孩方才吞吐烟雾一般吞吐《死与净化》的乐章……

"你拿走了我的内衣吗？"女孩在地上找来找去，又问了一遍。出于恋物癖，她的确有可能这样做，不过她并没有，她已经过了会做出这种事的年龄了。她在脑海中幻想出一个被一个个情人穿过的内衣填满的大衣柜。随着时光流逝，她还能记起来哪一件属于谁吗？世上既有收集领带的人，那她当然也可以收集情人的内衣。

---

1. Kiri Te Kanawa（1944— ）新西兰女高音歌唱家。

"没有，我没有动你的内衣。"她慵懒地回答。不得不从事后的沉醉喜悦中抽离出来使她感到疲惫异常。是谁说性爱让人忧郁来着？她可是正陶醉得起劲呢。

"有人动了我的内衣。"女孩很执着。

真没办法。她只好也站起来，扫视房间。内衣在房间的一角，挂在了落地灯灯脚上。

"在那儿。"她指给女孩看。

女孩像豹子一样跳起来，抓起内衣，跑向了浴室。唱机仍然播放着《死与净化》。不与我共同享受也就罢了，为何还非要毁掉我的体验呢？她想。她试图继续沉浸在欢愉里，却听见了淋浴的水声。她就这么迫不及待地要洗澡吗？一个人洗？她甚至不愿等一首歌放完吗？

她到底有什么急事？不是都翘掉课来家里了吗？

女孩回到卧室的时候，她仍躺在地板上，望着天花板，听着音乐。

"你总是要这么匆忙地去洗澡吗？"她问女孩。

女孩望着她，又像没听懂似的。

"难道我必须干等着做什么事吗？"女孩带着肉眼可见的天真问。

"我喜欢事后听听音乐。"她回答。

"哦，好吧，"女孩说，"我从不听音乐。那会让我分心。你不去洗澡吗？"

"我也不喜欢马上就洗澡。我宁愿等一会儿，将快乐时光延长。"

女孩四下张望着。

她觉得女孩准备走了。一定是这样的。于是她艰难地从沉醉状态中抽离，坐起身来。

"你要走了吗？"她问。

"如果你不介意的话，我可以多待一会儿。"女孩回答。

这是某种让步、某种请求还是某种计划？有一瞬间，她觉得刚冲完澡的女孩是要再来一次，这次在床上，不在地板上。有些女人的确如此，需要在做爱的间歇洗澡。

但女孩并不打算这样，而是穿好了衣服。她穿着衣服也很美。一身白衣服，白色衬衣，白色裤子，白色马甲。

"再待一会儿吧，安心待着。"她向女孩请求道。她仿佛在脑海里摄影或绘画，正在细细打量自己的模特，向她发出请求。

"怎么了？我的马甲穿反了吗？"

"没有，"她说，"你太美了，我想多看看你。"

"什么啊，之前六个月我胖了四公斤。都是因为喝啤酒，你明白吗？我每天喝六七罐啤酒，很喜欢那种感觉。这样可以提高血压，我血压很低，你看，看到了吗？"女孩指着腰间几道若隐若现的皱褶说，"我就像一只象海豹。"

"要么海象，要么海豹，没有什么'象海豹'。"她纠正女孩说。女孩对于自己身体的看法让她感到厌倦，哪怕只是开玩笑。她们无须玩笑来调情，她已经爱上了女孩。爱上了她的什么？想必是肉体吧，除此之外还能爱什么呢。（一个如此古老的心理分析话题。她的心理医生曾问过她，她爱上的到底是什么，她说是肉体，其他还有什么可去爱的呢。医生说："肉体作为爱的对象是不够好的。"不过接下去也没再说什么。肉体至少是可触摸的、可见的、可装扮的，肉体有气味、会动弹、能喊叫或呻吟，更可以深深将人吸引、令人陶醉……）

"你不胖。"她又说。

"你喜欢胖的吗？"女孩好奇地问。眼下，就在此时此刻，女孩有了开口说话的欲望，她想。而且说的还是些蠢话。

"不一定，"她说，"无论如何，相比苗条的，我确实更喜欢胖胖的。你呢？你喜欢什么样的？"她简直在回击女孩。

"我喜欢你这样的。"

好吧，还能怎么办呢，她想。

"我算胖还是瘦？"

"你美极了，"女孩回答，"你现在这样就很好。我就

　　　　　　　　　　　　　　错　爱

喜欢你原原本本的样子。"

好吧，至少我们现在得出了一个结论。

她站起身来。接下来要做的事只剩下关闭音乐，穿好衣服。

"事后我从来没有留下来这么久过。"女孩说。

难道现在她必须得感谢女孩留了下来？想要这么做的不是女孩自己吗？

"那么你事后一般都做什么？"她挖苦地问。

"唔，其实我都没做过几次。"女孩说。

到此为止吧。接下来或许就能听到所谓"和你在一起比和任何人都开心"的故事了。圣母玛利亚式的故事。"唯独和你在一起"。"从没有过这种体验"。一句不值得继续答复的话。

"你很紧张，"女孩说，"好像你是第一次似的。你是觉得我已经做过很多次，很熟练了？"

"我没有问过你这样的问题，我也不想知道你做过几次。"她答。

"你会吃醋吗？"

"不一定。有时候会，有时候不会。你呢？"

"因为是你，我会吃醋，"女孩说，"我会很吃醋。"

她觉得事情正在变得复杂，或许也并非偶然。自某一时刻起，事前、事中、事后……或许是她对那份陶醉的执着引起了变化……

还好艾尔薇拉现在在里斯本，她去走亲戚了，半个月都不会回来。半个月足够她终结这场感情。

女孩走向客厅。客厅简直像个大图书馆，书架上堆满了艾尔薇拉的书。都是按字母顺序摆的，相当整齐。

女孩饶有兴趣地翻着书。

"我下一门考试就是法国超现实主义，"女孩说，"你能借我几本有用的书吗？"

她为什么不去找魔鬼借书？在欢爱之后，她总是如此脆弱。最好不要看见什么书，也不要看见女孩。让她和书一起消失吧。

她走向书架前，走向字母 A 的区域。阿波利奈尔。

"这本是某一版次的《烧酒集》。送给你了。"她对女孩说。

"不用送，"女孩说，"我会还给你的。下次见面的时候，我还你。"

"没那个必要，"她说，"就当作一份礼物吧。"

"明明没做什么事，却收到了礼物，我不喜欢这样。"女孩说。

"我很喜欢和你做爱，"她坦言，"就当作是纪念吧。"

"你的意思是我们不会再见了吗？你把我当成婊子吗？"女孩大喊。

"我可没有说过这样的话，"她反驳道，"我只是说你可以留着这本书。"

"这就是你为了跟我上床付出的代价吗？"女孩刻薄地说。

是她要"跟她"上床吗？她们不是一同享受了欢愉吗？两人不是一同经历了六次高潮吗？

"我觉得你好像也跟我上床了。"她抗议道。

"这是当然，"女孩口气微妙地变软了些，"而且我很喜欢。我能告诉你一件事吗？"

她的母亲总说，她接受的教育如此谨慎敏感，让她变得十分脆弱，无力抵御他人的愤怒或情感操纵。

"说吧。"她回答。

"我这辈子从来没有过像今天和你一样的这种体验，"女孩说，"你不要现在就抛弃我，好吗？"

是什么东西困扰着她？若应允了这请求岂不奇怪？

"你瞧，孩子。"她开口道。

"别叫我孩子。我叫埃斯黛法尼亚。"

"好吧，埃斯黛法尼亚，我们邂逅了，你给了我你的号码，我给了你我的住址……这种事常会发生。"

"这种事不常发生在我身上，"女孩说，"你肯定习惯了像这样，因为你很漂亮，但我不是这样。"

"我从没习惯什么。"她开始费力地自卫。

"他们都跟我说你是个危险人物。"

如今她倒变成危险人物了。不过女孩的话里并没有恭维她的意思。

"你要请我吃晚饭吗？"埃斯黛法尼亚出人意料地问。

快发生些什么事来结束这场污秽的会面吧，任何事都行。奇里·特·卡娜娃的那张 CD 哪儿去了？妈妈说的话的确有道理，她接受的教育过于谨慎敏感了。

女孩选了一家很入流的餐厅，不过她全然没有胃口。

"上床会让我胃口大开。"女孩说。

"这很常见，"她挖苦地说，"我则喜欢在事后听音乐、爱抚、用手抚摸身体、看电影，然后接着做爱。"

"下次我们看电影吧。"女孩提议。

手机响了。简直是她的救赎。噢不，事情变得更糟了：是艾尔薇拉。她压低声音和她通话。她告诉艾尔薇拉，自己正在大学里开会。

"是谁打来的？"女孩急切地问。

"我的另一半。"她带着英雄般的慷慨做出回答。

"所以你有伴侣？"女孩又一次带着肉眼可见的天真问。

"是的，"她答，"你呢？"

"我没有。一年前我就分手了。"女孩说。

"和男的还是和女的？"她问出了一个走流程一般的问题。以女孩的做爱方式来判断，她一定是曾和男的在一起。

"和男的。不过你别介意。我觉得他是个基佬。"

"你为什么这样觉得？你没问过他吗？"

"没有。他也不会告诉我的，你不觉得吗？而且对我来说他是不是基佬都无所谓。"

"那么你，到底喜欢男的女的？"她问。这个问题水到渠成。

"噢，我只会专注于具体的人。"

这个回答让她生起一丝怒火。她曾听到过好几次这样的话。

"具体的人？没有肉身的人？我可从来没见过没有肉身的人。"

"你知道我想说的是什么。对我而言具体的人性比肉体更重要。"

"如果你是就友情而言，我可以理解，不过都已经到了上床的地步……"

"你好好想一想吧。你就很让我喜欢。你是我这辈子活到现在最吸引我的女人。还是说你觉得我会对很多人动心？”

“我受宠若惊，不过我的女伴刚刚打来电话……”

“你什么时候和她分手？”女孩一边将一块三文鱼送向嘴边，一边问。

“我没想过要和她分手。”她平静地回答。

“那你好好想想吧，”女孩说，“因为我不喜欢和别人共享伴侣。”

“我想艾尔薇拉也不喜欢。”

“这样最好，”埃斯黛法尼亚说，“因为我是后面来的。‘在后的将要在前’[1]，《圣经》里不就这么说的？”

“的确是这样……”她讽刺地回答。

她猛然注意到自己快要迟到了。快要来不及赶上四点的课了，今天她可不想迟到。

“我必须得走了，埃斯黛法尼亚，我已经迟到了。对不起，我会付账的，然后我就先走了。我很抱歉。”

“我知道，”她说，“我要再吃一份甜点。晚上我在你家等你。”

“你说什么？”她惊讶地大叫起来。

“你不用担心，”女孩回答，“我在阿波利奈尔的那本

1.《圣经·马太福音》20:16。

书旁边找到了钥匙，就在书架上。至于艾尔薇拉，更不用担心了。你穿衣服的时候我记下了她的电话号码。下午我就给她打电话，把一切都告诉她。"

作家的坦白

Confesiones de escritores

在出版了五部长篇小说、六部短篇集，发表了上百篇报刊文章后，作家在最近一次采访中——访谈主题是他获颁某国际文学奖，当然，能够获奖要归功于巧妙斡旋其中的文学经纪人和编辑——宣称，他一直以来都在逃避现实。

　　一位在心里默默盼望着能和他上床的成熟女记者满脸震惊地听着他说出这番话，并直言不讳地问："那么您为什么写作呢？还有什么其他的动机吗？"

　　作家吓了一跳。发现自己一直都在逃避现实这件事已经足够让他消沉了，他满怀痛苦地觉得自己低人一等。

　　"我觉得大多数人都没有在逃避现实。"作家给出的真诚回答与编辑和经纪人建议他说的话完全相反，随后又补充道："所以他们也不读书，这样就不会逃避现实。"

　　作家觉得自己惹上了毫无必要的麻烦。

　　"他们以另外的方式消磨生命，"他继续说，"比如看电视，玩水果消消乐。他们往往痴迷于工作、可卡因或足球。"

那位想和他上床的、同时也是唯一认真听他说话的记者（其他人都忙着在自己的设备上搜索国际和时政新闻）继续问：

"那您有什么嗜好吗？"

"我写作，"作家谦逊地说，"但我发现，我写作的时候就是在逃离现实。从某种意义上来说，我欺骗了我的读者。"

"他疯了。"他的经纪人想。作家近期总在旅行，或许是旅行过多了。不过她作为经纪人也没有什么办法：她所在的经纪公司管理着一百八十位作家，这一数字实在太过庞大，而且每当她询问作家在何处旅行时，他的回答总是千篇一律：在布拉格参观卡夫卡博物馆；在伦敦布鲁姆斯伯里区凭吊弗吉尼亚·伍尔夫之墓；在巴黎则尝试寻找保罗·魏尔伦和胡里奥·科塔萨尔之墓，以展示其兼收并蓄的文学品位；他也同样致力于跟随着华盛顿·欧文的步伐游览格拉纳达，以及在日内瓦向豪尔赫·路易斯·博尔赫斯之墓致意。

不过他依然笔耕不辍，出版了不少作品。虽然它们不那么畅销，但确实为他赢得了一批欣赏其学识的忠实读者。

记者说:"您说您欺骗了读者。"

"不过老实说,"作家说,"或许他们也是想要逃避现实。"

"我必须让采访赶紧结束。"经纪人自语道,不过她不知道如何是好。利用文艺圈丑闻来提升销量这种事很难行得通,除了一些边缘杂志和滞销小报,没有媒体会关注一场愚蠢的争论,受众也会很快失去兴趣,除非现场还有某位女演员、女主持人或女模特。

要不就这样吧。经纪人决定让采访继续,事实上她也不觉得作家这几句话有多么重要,毕竟他没有说自己有性瘾、鸡奸瘾什么的。他最近又开始喝酒了吗?作家去了一趟美国,名义上是参加斯坦福大学的一个文学研讨会,实际则是去采用某种疗法戒除酒瘾,而据他自己说,他从美国返回后已经成功戒酒。或许是抗酒精疗法带来的抑郁让他说出了这些话吧。他还总失眠,只有喝醉了才能睡好。二十余年的经纪人生涯积累的经验使她明白,作家这类人十分特殊,几乎只有喝醉了才会说谎话,所以他们总是嗜酒。无论男女作家都一样。

"您究竟是想说什么?"记者打断了作家的话。

和世上许多人一样,女记者将敌意的展露视为某种初级的性冲动讯号。同样和世上大多数人一样,她几乎不曾体验过性冲动的后续讯号。时间总是太仓促，她也往往提不起兴致。

作家疑惑了。他究竟是想说什么？世上难道有很多种现实吗？有多少生物就有多少种现实吗？好吧，他或许可以承认这一点，但无论如何，现实或多重现实并不是从属于任何个体的占有物，人一旦死去，其现实便不复存在了，无法将它交给其他人继承。

"我有我自己的现实，"他有些厌烦地回答道，"其他人的其他现实则与我无关。"

"那您逃避的是哪种现实？"

多人采访逐渐演变为一场两人对谈，因为其他记者的注意力都转移到了一场吸引了数百万人高度关注的足球比赛上。当然，作家不在这数百万人之列。

女记者也不在。如今她确定自己想和作家上床了。不过万一他是那种必须在别人的帮助之下才能勃起的怪胎怎么办？或许还得像照顾婴儿一样不停安抚他？

"对于上百万人而言，目前的现实就是那场国际足球比赛。"作家断言道。

"球赛的确构成了一部分现实，但它好像和您的现实没有关系。"她轻柔地、不带挖苦意味地说。眼下的这份柔情、这种想保护他的愿望从何而来？男性从来不曾充当保护者的角色，即便是洞穴时代也不是。只有女性会保护他人，而且她们有时自己也不知道为何会愿意保护一个像作家这样的人。保护他的女性可为数不少：他的母亲，他的姐姐，他的文学课导师，他的几个情人，他的女性读者，他的经纪人，以及现在的这位记者。

每当他想寻求一位可以纵情欢爱的床上伴侣，他总是会遇见将自己假想为母亲的女人。

不过他自己也无法确定自己是否真的需要一位这样的床伴。有那么几次他成功地找到了合适的女人——荷尔蒙旺盛的少女——但最终结果都不尽如人意。

"也和您的现实没关系。"作家回答。

如今两人之间有共同点了：他们都对球赛毫无兴趣。

"我更喜欢文学。"记者说。

"哪怕是逃避现实的文学？"作家问。

"逃避哪种现实？"她回答。现在她十分愿意加入这场游戏。

他的经纪人看着他们热烈交谈着一同离开了采访室（"倒也不坏，"她想，"如果这个蠢货能在床上好好表现的话，至少那女人会交出一份漂亮的访谈稿。"），而其他记者仍专注地盯着手机或电脑屏幕上的球赛。

经纪人宣布采访结束，在场的记者顿感轻松：自从他们听见作家说自己写作是为了逃避现实，他们便已全然失去了兴趣。

"调情还真是容易。"经纪人带着一丝莫名的妒忌想。她很了解作家。他干瘦，丑陋，总有疑心病，充满偏执，打扮得还总像个还在上学的青少年。像大卫·福斯特·华莱士[1]一样，上吊的时候都还穿着和大学课堂里自己的学生一样的运动服。或许这有什么特别含义？

他想必是通过自己的说话方式来调情的。他说了什么来着，什么现实？

啊，对了，他说他通过写作来逃避现实。有人能相信这是他第一次说出这种蠢话吗？这个世界上难道有人不想逃避现实吗？

采访室的人都走完后，经纪人也走到街上准备打车。忽然间，一股强烈的孤独感向她扑来。她得喝一杯。或者两杯。她刚要拦下一辆出租车，一个年轻记者悠然地打断了她。他应该还不到二十岁。想必还在上学。他的脸蛋挺漂亮，带着点稚气，她的母性本能被唤醒了。

"您能再跟我说一遍那位作家说了什么吗？关于现实

----

1. David Foster Wallace（1962—2008），美国小说家，代表作有《无尽的玩笑》。曾在伊利诺伊州、加利福尼亚州的大学任教。2008年在家中自缢身亡。

的，我来晚了，所有人都在看球赛，城里到处都没有出租车。"他带着歉意地说。

他很年轻，挺漂亮。

"作家说的那番话相当有意思，很独到，"文学经纪人撒了个谎，"如果你愿意的话，我们一起喝杯咖啡聊聊吧。我请客。"

他愉快地同意了。

"我记得他说他写作是为了逃避现实，"当他们在罗马俱乐部咖啡馆里坐下后，她带着严肃的神情向他重复道，"这句话相当尖锐。"

他认真地做起笔记。

"但你也别太当回事，"她又建议道，"作家说话就是这样。"

年轻男子也严肃地点点头。他打量起她来。得益于几本莫名其妙地变成畅销品的书，她不费吹灰之力地成为一位知名的文学经纪人。对于他而言，这一点充满无限魅力。

他决定抓住机遇。

"我也写一些东西。"他说。

"又来一个？"她想。她不明白，为什么漂亮俊美的男孩子，出身于远离文学之谵妄的家庭的家境殷实的孩子，脑海中总是命中注定一般冒出要成为作家的悲惨念头？为什么不找一份报酬更体面的工作呢？银行业、商贸业、金融业什么不好？她的两个儿子没有一个有过要当作家的不幸想法。大的那个是建筑师，在马略卡岛上建别墅发了财；小儿子则开了一家美容院，日子也挺富裕。他俩从没读过一本书，应该也不会逃避什么现实。

"真有意思，"她回答并给出了提议，"如果愿意的话，你可以把手稿给我读，我看看有没有什么能帮忙的。"

年轻人兴高采烈。他没想到与这位知名文学经纪人接触起来是如此容易。接—触。[1]

"我的箱子里就有一份我小说的手稿。"他指着自己那有些磨损的褐色小箱包说道。

我早该想到的。她想。除了手稿之外，一定还有什么别的吧？比如一只避孕套？

"方便的话，我可以现在就来看看，"她建议道，"我在罗马俱乐部酒店预订了一个房间，本来是为可能来访的其他作家预留的，不过或许也可以特别例外一下……"

"当然了，"他说，"我只需要再打几个电话，就能空出时间来。"随后他从夹克口袋里掏出手机。

---

1. 作者将西语动词 contactar（和……打交道）拆分为前缀 con-（共同）和 tactar（形似名词 tacto，意为"触摸"）。

她也拿出手机做同样的事。他们面对面打着各自的电话，但听不见彼此；他们安排好了各自的日程，或是私事，或是公事。

当然，是他先打完了电话；她是个很忙的女人。

当罗马俱乐部金碧辉煌的电梯下到底层时，他们和他们相遇了。知名作家携成熟女记者同行，经纪人则带着一位寂寂无名的年轻作家。四人仿佛达成了某种默契的协议，彼此没有打招呼。

威伦道夫的维纳斯

La Venus de Willendorf

在第四次到达高潮后（不是连续四次，而是共计四次。有的人不明白这两者的区别："连续"意味着接连不断，其间没有任何间歇，而"共计"则允许在每次高潮之间获得喘息，让嘴唇能重新变成玫瑰色)，卡明娜坐起来，裸着身子待在床边说：

"所以如果我真的是女同性恋，我这么多年就都在欺骗我丈夫。"

我看着她。坐着的时候，她就像威伦道夫的维纳斯[1]一样健壮。站起来的时候其实也像，但裸身坐着的时候更像了，因为肚皮上的褶皱一层层堆叠，壮硕的双腿看起来也更短了，整个人的身材仿佛都缩小了。她与古老的威伦道

---

1. 出土于奥地利威伦道夫的维纳斯像，又名"母神雕像"，约制作于旧石器时代。雕像面部粗糙，手臂细小，女神的乳房、臀部等女性特征形象较为夸张突出，一般认为具有类似巫术般的祈求生殖的目的。

夫的维纳斯之间的相似性无疑是激发我的欲望的重要因素之一。所谓欲望只能用于表达主体的感受，与欲望的客体无关，正如所谓爱只能用于形容爱着他人的人的感受，而非被爱者的感受。或许我是唯一一个觉得卡明娜长得像威伦道夫的维纳斯的人——可能她丈夫也这么觉得，但考虑到他是一位经济学专家，我十分怀疑他是否见过那个著名的维纳斯像。不过无论如何，刚刚与她交欢的人是我。

我看着她。威伦道夫的维纳斯站了起来，这使得她不再那么像维纳斯了，和坐着的时候大相径庭。关键之处就在于肚子上的褶皱还有下垂的乳房（卡明娜生过两个孩子）。还有我的目光，如果不是因为我的目光，世界上本不会存在她与维纳斯的相似性。（我在房间墙壁上挂了一幅巨大的海报，其内容与一场情色艺术展有关，那场展出上就制作过威伦道夫的维纳斯的复制品。我安安静静地将它挂在墙上，一个字也没对外说，卡明娜也很喜欢这幅海报，虽然我不确定她能不能理解我的这种暗示。如果她能的话——我很怀疑这一点——那么我们的亲密关系之中不言而喻、彼此心领神会的默契之事便又多了一件。不过这样的默契也会不断萎缩、消散，直到未来某个残酷的时刻最终转变成铺天盖地的误解。这一真相往往令人无法承受，导致人们在责备、痛苦和争吵之后选择迅速结束关系。）

"所以如果我真的是女同性恋，我这么多年就都在欺骗我丈夫。"威伦道夫的维纳斯重复道，似乎希望我对她的疑惑给出肯定或否定的回答。她希望我能安慰她。在接连四次高潮后，的确有人会迫切地渴求一些能减轻他们的负疚感的东西。如果仅仅是一次两次高潮，或许还不会如此。

我开始穿衣服。先穿上黑色带网眼的尼龙长筒袜。黑色是我最喜欢的颜色。

"听你之前的意思，"我开始列举，"我以为你早在五年前就跟他离婚了，那之后就只有过一个露水情人，然后就是我了。人还是得时不时地回归现实，这样有好处，虽然会打破很多虚假的幻想。"

卡明娜依然坐在床沿，裸着身子，什么也没做。她显然不会让我想起霍普[1]的画，霍普笔下的女人又高又苗条，总是十分孤独地一个人待在酒店房间里。我们此刻则刚刚度过了一个充满爱意的午后，从一点开始，六点十五分才结束。

"我跟你说的是实话，"威伦道夫的维纳斯自卫道，"一开始我和路易斯的确分开了，孩子们还小，我们决定

---

1. Edward Hopper（1882—1967），美国写实派画家。

在各自家中抚养他们，然后我们确实离婚了。虽然我后来和一个女人有过一小段无足轻重的故事，但我真的从来没想过我其实是女同性恋。"

"提醒你一下，我也是'一个女人'，"我有些受伤地说，"而且既然你五年前就离婚了，是不是同性恋有什么重要的？你现在难道准备加入什么名誉协会吗？'平权女同性恋'之类的？别开玩笑了。我觉得你一直是一个很独立的人。"

"你不懂。"她说。

那只好这样了。当亲密关系的双方中有一人说"你不懂"，往往关系已经出现裂痕。我哪里没有搞懂？她想让我懂什么？显然我只能懂我眼中正在发生的事情：她和她第一个女情人的交往只是为了给自己一段过渡期、给自己一点情感支撑而已，归根结底与婚姻带给她的挫败感紧密相关：她尝试着与一个女人互相理解，她扮演一个受伤的角色向她提出要求，而对方的存在大致抹平了一位自私无礼的丈夫带给她的伤害（女人往往可以成为优秀的丈夫）。在那段关系中，卡明娜从未有一刻想到过此刻她正对我提出的这个问题，这也是那段关系得以延续的基础。最终它持续了足够长的时间，弥补了不幸的婚姻带给她的伤害。

"那些关于事物本质的问题会让我不太冷静，"我说，

"根本没有什么本质，只有存在状态，而存在状态往往是可变的。你完全可以在生命中的前三十五年当一个异性恋，然后现在当一个同性恋，这有什么问题吗？"

"问题是如果我真的是同性恋，那我就是欺骗了我丈夫。"她说。

这是何种存在状态？这是一种因爱，因被爱，因享乐，因使得其他人享乐而生发出的满怀内疚的情感状态。一种非常女性化的东西。我问自己，威伦道夫的维纳斯那个年代（公元前三千年）的女人们是否也只会产生这些情感。别无他者。我自己有时也会充满负疚感，不过那都是因为我觉得自己违背了妈妈的期望，而且都已经是些陈年旧事了，像流过桥下的水。（我觉得这是一个很美的画面，我始终为之吸引：想象一座桥，无数女人在桥下的水流中穿梭而过，有的游泳，有的在戏水。）

现在我开始穿我的黑色胸罩。没有卡扣，也没有背带，一个能挑人欲火的胸罩。当你能掌握局面，便没有必要将一切交给运气：一个普通的胸罩或许会毁掉欲望的某一部分。欲望是流动的、反复无常的。

"你没有骗他，"我带着无限的耐心说，"和他在一起的时候，你就是异性恋。"

"你是想说，我不是一个自我压抑的同性恋吗？"

心理学和心理分析对小资产阶级造成了巨大创伤。我的情人显然就属于这一吝啬、腐朽、虚伪、怯懦的阶级。我总是觉得贵族气质会更好：他们可从没听说过什么叫负疚感。不过我身上的贵族气质也已几近消失了。

"不，你不是，亲爱的。"我说。

现在我穿上了裙子。一条精致的黑色紧身裙，庸俗的说法是它能"凸显身段"。

男人总会为自己的色情幻想付钱。当他们想和莎朗·斯通上床，他们就会去到某间豪华妓院，找一个大致可以接受的替代品。

我不是男人，而是一个三十八岁但仍有吸引力的女人，我只能支付心理医生式的倾听与陪伴。我总试图让我的中产阶级情人们抛掉负疚感。不过心理医生的一次诊疗最多只持续四十五分钟，我能给予的时间则远长于此。有时长达一整个下午，或者一整天。

威伦道夫的维纳斯看起来不相信自己是无罪的。她今天下午获得了如此多的快乐，以至于她觉得现在必须要为之支付一些东西。我突然记起来她曾对我说她的哥哥就是个神父。一位修士。她也是天主教徒，尽管没那么虔诚。这种自在的信仰方式也没什么不好的。真奇怪啊，相比天主教徒，路德派教徒总是更倾向于背上负疚感，因为前者可以忏悔，可以被赦免，忏悔的确是个摆脱负罪感的好办法。三十八年来我睡过三四个信仰天主教的女人，不过只睡过一个路德教徒。这倒不是出于偏见，而是我的确不认识更多的了。

"我又不是天天忙着到处鉴定别人是同性恋还是异性恋，"我有些被冒犯地说，"你以为呢？"

"你不懂。"她坚称。

"我不懂什么？"我真的生气了。现在我正在戴我的耳坠，巧合的是，我那对银耳坠正好是问号的形状。

"结婚后不久，我丈夫就跟我说，一个男人能遇见的最糟糕的事就是自己的老婆跟一个女人出轨了。"

我现在完全穿戴好了。但威伦道夫的维纳斯没有。她依然坐在床沿，在我消除她的负疚感或者让我自己也产生负疚感之前，她想必不会离开。这就叫作转移，人们付一大笔钱给心理医生，就是为了转移自己的情绪。我必须为此支付代价，因为她享受到了四次高潮。我则是三次，我更有节制。

"那只是对他而言最糟糕的事，"我回答，"没必要一般化。有些男人就喜欢看自己老婆和别人做爱，他们会因此兴奋异常。还有些人觉得最糟糕的事是老婆跟当兵的跑了，或者跟神父。"

"他觉得最糟糕的事是自己的老婆和另一个女人在一起了。"她重复道。

"所以你才这么做?"我挖苦道。

"你说什么?"她大吼。

现在她也生气了。当我们感到愤怒的时候,负疚感便会消失。这一定律屡试不爽。如果阁下正因惹恼了某人而倍感自责,请务必改变自己的想法,就像行为主义者建议的那样:请让内心充满怒火吧,那扰人的负疚感自会消失。

"真奇怪,你把他的弱点记得这么清楚。"我说。

"你为什么觉得奇怪?"她问。她又换上了防备的姿态。

"我认为你们结婚的时候谈论了很多事,但你唯独把这个记得这么清楚。"

"难道你怀疑我不是同性恋?"她又问我。新一轮负疚感的浪潮袭来。

"你不是同性恋,"我回答,"证据就是你和他一起生活了那么多年。要不两个孩子是怎么来的?电视上看来的吗?"

"你能别再阴阳怪气了吗?"她责备道。

用争吵来结束一个充满爱意的午后也不失为一种选择。有不少人喜欢这样做。他们会觉得疏远与冷漠来得更

　　　　　　　　　　　　　　错　爱

为容易，如此一来每个人只需对自己负责，与孤独为伴。

"而你，亲爱的，你能别再因为我们温柔地、热烈地、放纵地、淫荡地、疯狂地做了一次爱，就感到自责了吗？你都已经离婚五年多了，他早就和别人在一起了。"

"我也和别人在一起。"

"好吧，"我说，"我真没想到你这么自责。离婚的时候你明明很满意。"

我试图让她也穿上衣服。我用一个极甜蜜的手势将她的贴身衣物——已经呈现绝妙的半湿润状态了——递给她。

"花边很漂亮，"我说，"你在哪里买的？"

"是你送我的，"她温柔地回答，"你总是送同样的东西给情人们吗？"

"我送东西是为了满足自己的幻想。"我笑了。我把胸罩递给她。黑色胸罩，双乳处有两片可调整的护垫。也是我送她的礼物。

"有一次他让我光着身子等他，只盖一件大衣在身上。我没同意。"

"这得是至少二十年前的事了吧，"我说，"他一定是从伊丽莎白·泰勒的电影里学会这个的。她扮演一个光鲜靓丽的妓女，总是只穿一件兽皮，裸身接待客人，她也自称'兽皮夫人'什么的。"[1]

"他从不去电影院。"威伦道夫的维纳斯说。

"这个情节很有名,不一定要看过电影,但大家都知道这个片段。电视上、杂志上、广告栏上到处都有这一幕……兽皮非常适合伊丽莎白·泰勒,她的身段又那么美——裸露的双乳完美无瑕——真是典型的男性幻想对象。"

"你是怎么知道这个片段的?"

"因为我经常阅读,有时还会思考,"我说,"你真的没有在某天晚上下班之后只穿一件貂皮大衣,光着身子等他吗?"

"别说蠢话了,"她回答,"我觉得那是个荒唐透顶的要求。"

"他人的幻想在我们看来总是荒唐的,我们的幻想在他们眼里也是一样。"

"你还没跟我说过你对我有什么幻想呢。"威伦道夫的维纳斯对我说。

即便给我全世界所有的黄金,我也不会对她吐露那次情色艺术展或者威伦道夫的维纳斯。

"我的幻想已经成了,"我说,"我希望我们从正午

---

1. 伊丽莎白·泰勒主演的电影《巴特菲尔德八号》(又译《青楼艳妓》)里的情节。

做爱一直做到黄昏。"

她面带怀疑地看着我。

"我不相信，"她说，"我看过你所有的书。你用第一人称写了很多很多种色情幻想。"

"是吗？"我带着显而易见的冷漠说，"你难道不知道现实与虚构天差地别吗？你是因为读了我写的东西才和我上床的吗？"

"你有一些幻想让我很不安。"她说。

"一般等书出版的时候，我就把自己写过什么都忘掉了，"我撒谎了，"让你失望了？"

"我也有自己的幻想，"她说，"虽然没有写成书出版。"

"只有傲慢至极的人或者特别喜欢指责别人的人才会否认自己的性幻想。"我说。

不过现在我开始好奇了。我会好奇别人的色情幻想，但也仅仅是好奇。我更喜欢我自己的。但好像现在不问她的话显得不够优雅。

"我们还有一个小时呢，亲爱的，"我说，"你不想实现一个幻想吗？"

她带着一丝羞涩看着我。是那种小资产阶级准备做跳出常规之事时典型的羞涩。再没有什么比看着一个稳重自持的人即将放肆地失控更能让我感到兴奋了。

威伦道夫的维纳斯

"我不知道我敢不敢。"她坦言。

"来嘛，加油试一试，"我对她说，"我们不是恋人吗？"

"可如果你不喜欢呢？"她问。

"如果我不喜欢，我会表现得像什么也没看见、什么也没听见一样。"我承诺道。

她仍犹豫地看着我。我做出最庄重、最值得信赖、最富有同情心的神情。在这方面我可谓专家。

终于，她下定决心了。

"你转过去。"威伦道夫的维纳斯请求道。

我必须顺从地满足她的要求。我转过身去，等待着。

我听到她细碎的脚步——维纳斯的腿短短的——朝衣柜或是卫生间走去，具体方向无从分辨。

"你别看！"她大喊。

我还没准备好要看。

她弄出的声响非常微弱，我无法想象她在做什么，而且在这种情况下，我也更期待一个惊喜。

"马上就好了，你别转过来。"她重复道。

我等待着。仅仅几秒钟后，她下达了命令：

"现在，看我吧！"

我慢慢转过头，准备欣赏这一场景，无论其究竟是什么样。必须对别人的幻想报以慷慨与大度。幻想往往只

　　　　　　　　错　爱

在第一次会产生惊人的效果，如果再重复一次的话，就会沦为普通的游戏了。她的幻想是按部就班的，也是视觉化的，就像男人们和某些女人——比如我——喜欢的那样。

我慢慢转身，几乎能察觉到每一块肌肉的动作。

她站在那里，光着身子，只穿一件貂皮。

圣诞故事一则

Un cuento de Navidad

还有一周就到圣诞节了，妹妹给我打电话。若不是赶上重大节日，她从来不会打电话来。无疑，对于大多数人而言，圣诞节就是重大节日。

　　"我想知道，我们拿妈妈怎么办。"妹妹说。

　　她从大洋彼岸打来。我在巴塞罗那，而她在蒙得维的亚。

　　"我不知道，"我回答，"你可以把她带回你家？你应该和你儿子孙子在一起吧。她会喜欢和他们一起吃晚餐的。"

　　"你离得远远的，倒是可以说这种话。"妹妹斥责道。

　　"是，我是离你们很远，但我住在家里的时候，想要和你们一起吃圣诞晚餐也很困难……"我说。

　　"你宁愿和你随便哪个情人在一起……"她继续责备我。

　　"好吧，"我承认了，"老婆和情人的一大区别就是，你不能向家人介绍你的情人。只需要一周和她见上几面就够了。但不管怎么说，过去圣诞节的时候我都会去看妈妈，给她带礼物，邀请她来吃晚饭。"

"我记得。你连着三年圣诞节带妈妈去看同一部电影，《哈泰利》。我觉得妈妈忍受得很辛苦，直到第四年才跟你说……"

"那你想让我带她去看什么？伯格曼的《假面》？或者柯南伯格的《孽扣》？"

"她多可怜，连续三个圣诞节都得忍耐着看约翰·韦恩在非洲猎狮子……"

"我和妈妈都很喜欢自然风光，我们和你不一样。"

"鉴于今年你没办法再带她去看《哈泰利》了，你有何建议？"

"我建议你去公寓找她……"

"别说什么公寓，"妹妹打断了我，"那是家疗养中心。如果我们提起'公寓'这个词，那都是在指我们的住所。"

"她每次想到自己住在疗养中心，就会很难过……"我说。

"她那么大岁数了（我提醒你，她九十五岁了），什么事都可能让她难过……"

"别开玩笑了。事实恰恰相反：九十五岁了身体还很健康，活着的每一分钟都应当成为快乐的理由。"

"我倒是不明白她为什么还想继续活着……"

"等你九十岁你就明白了。"我说。

"我活不到九十五岁……你妈妈活这么大岁数可让我折寿不少……"

"你是说，'我们'的妈妈……"

"你有十多年没见过她了，你是否随时可能忘记她的存在……"

"我习惯了被人遗忘，被另一些人挂念……而且上次我去看她的时候，不得已在酒店住了十天，因为虽然你有一幢坐拥六个卧室的大房子，但你还是跟我说，你老公不想见到我。"

"我丈夫有惊惧症。不是针对你。"

"少来什么惊惧症。"

"我在跟你说你妈妈的事。"

"我也在跟你说你妈妈的事。你就不能把她从公寓带回你家一起过个平安夜吗？反正你的儿子们都会去，还有他们的妻子，还有你的孙子们。不过是多一张嘴的事……"

"问题不是有没有东西吃，问题是必须有人照顾她。"

"我每周都和她通电话。我们的母亲能自己走路，自己穿衣服，浑身骨头都不疼……"

"她的记性越来越差了。"妹妹又打断我。

"我也是。"我说。

"她在床上尿尿。"

"用尿布就行了。"

"然后呢，就还得洗尿布……你知道老人闻起来都是什么味道吗？"

"过期黄油的味道。不过那总比教室里的睾酮味或者床单上某次搏斗后风干的精子味道好些。世上好闻的味道并不多，昂贵的香水味算是一种，不过我还对它过敏。"

"我以为你能有点什么新想法的，关于今年妈妈怎么过平安夜……"

"我连自己怎么过都还没想好……"

"你不和你那个年轻的情人一起过吗？那个诗人，只比你小三十岁那个……"

"我跟她分了。"

"又分了？你是有什么在圣诞节分手的毛病吗……如果我没记错的话，你上段感情也是在圣诞节分的吧，五年前。"

"听着，我可没有抛弃任何人。那个年轻诗人有一个完整的家庭，包括爷爷奶奶、叔叔婶婶、姑祖父母，还有一连串兄弟姐妹。我觉得他们简直可以自成一个国家了……世界上的新国家也不少啊：白俄罗斯、斯洛文尼亚什么的……至于再上一个情人，我和她确实是平安夜分开的，但我得提醒你，她也有一大家子亲戚呢，她和两个男人生了四个孩子。而且我们从来没有一起过过平安夜。她必须和她的家人一起过，和你一样。"

"我喜欢和家人一起过，不像你。"

"那既然你喜欢和家人一起过，为什么不去公寓把你妈妈接回家呢？她会很开心的。"

"那你为什么不去公寓把她接回你家呢？"

"因为她的公寓离我有点远。我得先坐飞机去马德里，在那儿等四个小时，然后飞十个小时到里约热内卢，再等四个小时转机，然后再飞两个小时才能到蒙得维的亚。等我到了，他们就该把我也送进公寓里和她一起疗养了，我会哮喘发作、全身过敏、支气管痉挛的。妈妈会鄙夷地看着我，对我说：'你病成这样，还来干什么？'"

"我的身体也不太好。你知道我有哮喘和白细胞减少症。"

"好吧，我除此之外还有高血压。"

"我想过，我们可以去疗养中心过节，给她带点小礼物，然后一起回我婆婆家，她也有九十二岁了，但她一个人过。你觉得怎么样？（妹妹在做决定时居然问起我的意见，这很少见，她何不问自己的丈夫呢？这个跨越上千公里、远渡重洋的问询让我觉得过分夸张了。)"

"你照你想做的做吧,"我说,"你觉得怎么合适怎么
来。我始终表示支持。"

通话沉默了一会儿。

我想象不出来,妹妹居然会停下来认真思考。

"你和谁一起过平安夜?"

"和席琳·迪翁,还有拉拉·法薇安。我买了她们的
最新唱片。"

"我真的不理解,为什么你谈恋爱总是长久不了……"

"因为没有孩子。"

"你的前情人们都没有请你去吃饭吗?"

"她们要么有新欢,要么和家人一起过。"

又一次沉默。

"我或许也快要离婚了……"

"同样的话你说了二十五年了。事实是,在你这个年
纪——六十多岁——离婚不能带来任何好处。你不能再和
别人调情了,又不能再婚,而且你也不喜欢孤独。"

"我跟你说一件事。"

这次轮到我沉默了。

"什么事?"随后我问。

"有时我很害怕。"

"害怕什么？"我继续问。

"等我们都死了，谁来照顾妈妈？她九十五岁了，身体还很健康……我觉得到时候一定会是她先失去我们这两个女儿，就像她曾经失去她的父亲一样……"

"我可不想在圣诞节考虑什么死后的事……"

"可想而知。但你能告诉我你为什么总是圣诞节分手吗？"

"都是童年创伤造成的。我不知道。那你觉得什么时候分手好？我知道十二月分手确实不好，因为有圣诞节，还有新年，以分别开启新的一年总归不好。然后还有主显节，主显节分开也是不友善的表现。冬天分别是不好的，因为太冷，夏天同样不好，因为有长长的假期……这么下去，我觉得你永远找不到分别的合适时机。"

"我没和他分开，为了孩子们。"

"即便有了小孩，大部分已婚人士还是会分开的，同样，在父母分开的家庭，也有些孩子能过得非常快乐。"

"你还没回答我那个问题。"

"什么问题？"

"等我们都死了，谁来照顾我们九十五岁多的妈妈？"